石原慎太郎

作家はなぜ政治家になったか

シリーズ・戦後思想のエッセンス

中島岳志

NHK出版

目次

はじめに

「戦後と寝た」男

石原慎太郎は、終戦から約十年後に『太陽の季節』で芥川賞を受賞しました。この小説はベストセラーとなり、当時の倫理観から大きく逸脱したストーリーは、年長世代から嫌悪されました。既成の道徳・規範に囚《とら》われない姿は、「太陽族」という若者現象を生み出し、新しい戦後的価値の賞揚に繋がりました。

しかし、石原は一九六八年に自民党から参議院議員選挙に立候補し、当選します。以後、タカ派の政治家として、活躍します。

なぜ、伝統的価値の攪乱《かくらん》と破壊を先導した作家が、一転して国家主義を掲げる政治家になったのか。そこには、戦後保守の重要なエッセンスが隠されているように思います。

昨年に出版した『保守と大東亜戦争』（集英社新書）という本で、戦前・戦中の生まれで自ら戦争体験を持ち、戦後に保守論客として活躍した「戦中派保守」について書きました。竹山道雄、田中美知太郎《みちたろう》、猪木正道、福田恆存《つねあり》、池島信平、山本七平《しちへい》、会田雄次、林健太郎。みな、大東亜戦争の開戦時には二十歳を（正確には、山本七平は二十歳の誕生日十日前に開戦を迎えていますが）超えていた人たちです。つまり、一応は分別がついていて、「どのように戦争に至ったのか」「この戦争はどういうものなのか」ということを自分なりに判断できる年齢だった。彼らは、戦後も戦争体験を自分自身の大きな問題として引きずっていて、ほぼ全員、あの戦争を批判的に検証しています。

しかし、そこから少し時代が後ろにずれて、戦争中はまだ幼年期から少年期だった世代――主だった教育を戦後に受け、戦後の認識の中で自分の考え方の枠組みをつくっていった、いわば「戦後派保守」というべき知識人たちは、それとは大きく異なります。彼らの中には、大東亜戦争を「アジア解放の戦争だった」といった、歴史修正主義的な論を展開する人が少なくありません。要するに、「戦中派保守」と「戦後派保守」の間には、非常に大きな断層が存在している。そして、保守派論壇において「戦中派」から「戦後派」へのシフトが起こったのが、一九八〇年代でした。

この時期に、戦中派の人々は次々に世を去り、あるいは老齢や病気のために論壇から姿を消して、世代交代が進んでいきます。そしてその八〇年代が、保守派論壇そのものが大きく変容する「切れ目」の時期ともなっています。

その典型例が「朝日新聞バッシング」です。一九七〇年代にも、保守系雑誌が大マスコミ批判を繰り広げたことはありましたが、八〇年代になるとその批判の対象が、一気に朝日新聞に集中していくようになります。同時に、第一次教科書問題、中曽根康弘首相（当時）による靖国神社公式参拝、赤報隊《せきほうたい》事件など、ある種のイデオロギー的な事象が相次いで起こりました。つまり、一九八〇年代とは保守の性質が転換した時期で、それを支えたのが「戦後派保守」の人々だったといえるでしょう。

この「戦中派保守」と「戦後派保守」の間に存在する断層とは何なのかということを、私はずっと考え続けてきました。

私が保守思想に興味を持ったのは、学生時代に著名な保守思想家である西部邁《にしべすすむ》の本を読んだことがきっかけです。しかし、そこから他の同時代の「保守派」といわれる人の本を読んでみても、まったく共感ができませんでした。そこで「なんだろう、これは」と思い、もっと昔の、いわゆる戦中派保守の本を読んでみると、非常に共感ができた。そういうことを繰り返していたので、「戦中派保守と戦後派保守の差異は何なのか」という疑問が、私自身のアイデンティティにも関わる問題としてずっとあったのです。

これはそのまま、「戦後とは何なのか」という問題でもあるのだと思います。そして、その「戦後」において、もっとも早く「真の戦後派」といわれた論壇人が石原慎太郎でした。

文壇においても、彼よりも上の世代は戦争体験を濃厚に持っています。一九五〇年代に文壇で注目を集めた第一次・第二次戦後派の文学は、戦争が主題の大きな部分を占めていました。次いで登場した第三の新人（安岡章太郎・吉行淳之介・遠藤周作など）は、日常的な人間性を描こうとする私小説への回帰がみられましたが、戦争の影が滲み出ていた。それに対して、戦後に思春期を迎えたまったく新しい世代として登場したのが石原だったわけです。

石原自身、回想録の中で自分のことを「戦後と寝た」と表現しています。自分こそが戦後である、というわけです。戦後の高度経済成長期における一つの日本人の心情のあり方を、自分こそがもっとも体現してきたという自負が彼にはあるし、実際そうだったのだろうと思います。だからこそ、弟で俳優の石原裕次郎とともに、高度経済成長の時代を象徴的存在として駆け抜け、さらに政治家としても十三年もの間、都知事の座に居続けることができたわけです。

戦後の時代に、常に大衆の心を捉え、「話題の人」であり続けてきた。それが石原慎太郎という存在であるならば、彼の人生をまるごと、特に高度経済成長期において文学から政治へと飛び込んでいくプロセスを検証することで、戦後という時代の核心を突けるのではないか。私はずっと以前からそう考えてきました。

そして今回、「戦後思想の水脈」というテーマを前にしたときに、「今こそ石原慎太郎を論じたい」という思いがわき上がってきたのです。日本社会の右傾化、石原慎太郎に喝采《かっさい》を送り続けてきた「大衆」という存在、そして「保守」でありながら、いま保守派といわれる人たちに大きな距離感を感じる私自身のあり方……そうしたさまざまな問題が、ここから見えてくる。それは非常に、現代的でアクチュアルな問題なのではないかと考えています。

I

『太陽の季節』と虚脱感

「無恥と無倫理」の物語

「健康な無恥と無倫理の季節！　真の戦後派青年像は生れた」——これは、作家・石原慎太郎の代表作であり、実質的なデビュー作でもある『太陽の季節』が、初めて雑誌に掲載されたときのキャッチコピーです。

石原いわく「三日で書いた」というこの作品は、一九五五年に第一回の『文學界』新人賞を受賞し、さらには同年下半期の第三十四回芥川賞も受賞。「石原慎太郎」の名を一気に世に知らしめることになりました。一方で、その「無恥と無倫理」な内容もあって、酷評する人も非常に多かった作品です。

石原は後にこの小説について、「裕次郎から聞かされた時、そのえげつなさに感心した話を基に据えた、若い男と女の逆説的な愛の物語であった」と書いています。後でも触れるように、頭でっかちのインテリだった慎太郎と違って、二歳下の弟で、のちに大スターになる裕次郎は、酒もタバコもケンカも何でもやる、まさに不良青年そのもの。その裕次郎から「仲間の噂話」を聞き、「最近の若者はすごいね」と思って書いた小説だというわけです。

では、どんな話なのかを見ていきましょう。主人公は裕次郎がモデルと思われる、津川竜哉《たつや》という高校生。裕福な家庭に生まれながら、タバコに酒、博打《ばくち》に女遊びにケンカと、非常にアンモラルな生活を送っています。小説の冒頭は竜哉がボクシングに熱中しているシーンで、このボクシングが、物語の最後でまた重要な意味を持ってきます。

竜哉が街でナンパをするのが英子という少女。こちらもブルジョアの家の子で、少し背伸びをしたところのある、非常に戦後的な女の子として描かれています。この二人の恋のような、遊戯的な性愛の物語が展開していきます。

象徴的なのが、竜哉が「陰茎《いんけい》で障子を突き破る」シーンです。実はこれは武田泰淳《たいじゅん》の小説がもとになっていて石原のオリジナルではないのですが、センセーショナルな場面としてよく取り上げられます。この場面に代表されるように、それまで日本のある種の知識階級が持ってきたような性倫理に反する性愛の形が、繰り返し書かれているのです。

しかし、付き合いを重ねるうちに、英子は竜哉に対して本気になっていきます。そうすると、逆に竜哉は冷めてきて、英子につきまとわれるのが嫌になってくる。そして、彼女のことを気に入っている様子を見せていた自分の兄に、英子を金で売り飛ばしてしまいます。「女性を金で売るなんて……」と、発表当初から物議を醸したくだりです。

ところが、そうやって別れようとしているときに、英子が竜哉の子を妊娠していることがわかります。竜哉は堕胎《だたい》手術を受けさせるのですが、これが失敗して英子は命を落としてしまう。その葬式の席で、これは英子の自分に対する「一番残酷な復讐《ふくしゅう》」ではないかと感じた竜哉は、遺影に香炉《こうろ》を投げつけ、初めて涙を見せます。その後、学校のボクシングジムに行って一心にサンドバッグを打つのですが、そこにふと英子の笑顔の幻影が見え、それを夢中で殴りつけた、というのがラストシーンです。

「着地しきれなさ」を抱えて

この『太陽の季節』が発表された翌年の一九五六年に、石原慎太郎と裕次郎による兄弟対談が女性雑誌に掲載されています。ちょうど裕次郎は端役《はやく》で出演している映画『太陽の季節』の撮影中で、そこから抜け出してきての対談でした。その中で、石原はこんなふうに言っています。

弟のほうが僕なんかより徹底しているし、僕の書いた主人公の考え方があると思いますね。僕なんかその点、青白いインテリになりつつあるんですよ。だから弟たちの世代を見ていると、なにか惹かれるものを感じる。（「「若き血」のモラルについて」『若い女性』一九五六年六月号）

なかなか面白い発言だと思います。自分の書いた物語からの「距離」を語っている。むしろ、距離があるからこそ憧れを抱いて、あのような物語を書いたのだというわけです。

それに対して、当事者というか、実際に小説の中の竜哉のような遊び方ばかりしていた裕次郎はこう言います。

そのせいかナ、僕らの世代のものは「太陽の季節」を読んで、なんか気持がスッキリしたと言うんですね。自分たちの口でも言えないし、なんにも表わされないものを、兄が筆で表現してくれたという感じですね。たゞそれだけですね。

「たゞそれだけですね」とそっけない。この対談は終始、裕次郎のほうがシビアで、兄の書いたものに対して「それがどうしたの」という扱いです。対して石原は「惹かれるといっても、僕はそこまで徹底して、それになりきることはできない」「反撥を感じながら、魅力を感じてるから、竜哉とか英子というような人物を描いたんだろうと、自分自身では思っている」と話しています。

つまり『太陽の季節』が発表されたとき、世の中は書き手である石原自身が竜哉的な人間であると受け止めました。「真の戦後派」という触れ込みで、ひどくアンモラルなどうしようもない人間が出てきた、そういう認識で石原を叩いたのですが、実はそれは少しずれていたということがわかります。

実際には石原はこの小説で、どうしても裕次郎や竜哉のようにはなりきれない、そこまで吹っ切れない自分に対するわだかまりを吐き出しているわけです。戦後の解放感に着地しきれない、「青白いインテリ」である自分の存在を突き破ろうとした作品が『太陽の季節』です。この石原の「着地しきれなさ」は、この後の彼の人生においても非常に大きな問題になっていきます。

暗い「戦後」から明るい「太陽」の時代へ

その「着地しきれなさ」とも関連する、この小説の時代的背景を見ていきましょう。『太陽の季節』で世に出てきたときの石原の位置づけは〈ポスト「第三の新人」〉でした。空襲や焼け跡での生活といった戦中体験を文学の原点にしていない〈真の戦後派〉。思春期に占領軍からの解放によって自由を手にした世代です。石原自身も、重苦しい占領下の時代が終わった後の自由を謳歌《おうか》しながら大学時代を送っています。そして、その「自由な時代」は、戦争直後の混乱期を経て、日本社会にさまざまな変化がもたらされた時期でもありました。

たとえば、性的な感覚の乱れ。進駐軍兵士を相手に身体を売る「パンパン」と呼ばれる女性たちが街のあちこちに立ち、幼い子どもたちでさえ、そうした存在を見ないふりをしつつも見ているようなところがありました。戦争で夫を失って食い詰めた女性たちが、ヌード劇場やストリップなどの世界に次々に飛び込んできたりするような、社会全体にどこか退廃的な空気が漂っていたのです。

また、戦前の価値観や権威が急速に崩壊し、高校生の授業ボイコットが起こったりと、のちの六〇年安保につながる「下剋上《げこくじょう》の風潮」が広がったのも戦後すぐの時期でした。権力や旧来のモラルに反抗するのが「かっこいい」とされ、その象徴となったのが、サングラスやアロハシャツというスタイルの「不良少年」たちだったのです。

そして、急速な経済発展に伴う、消費社会の成立と拡大。もっといいものが欲しい、いい暮らしがしたいといった大衆の欲望が、ある意味で肯定的に扱われるようになっていきます。そうした戦後の変化の申し子のように現れた若者たちを描き、そこに言葉を与えたのが『太陽の季節』でした。無軌道《むきどう》で反道徳的、破廉恥《はれんち》で遊戯的。そうした、少し前の世代には理解できない、よくわからない若者たちが「太陽族」と呼ばれるようになり、石原慎太郎は（実際にはそうではないにもかかわらず）その代表格のように見なされていくのです。

こうした「よくわからない」若者たちを指す言葉として、より一般的に使われていたのが「アプレ」です。もともとは第一次世界大戦後のフランスで、やはり戦後の極めて退廃的な雰囲気の中、既成の道徳や規範にとらわれない文学や芸術運動——ダダイズム、シュールレアリスムなどがその代表格です——が出てきた。そういうものを指して「アプレ・ゲール（戦後派）」と言っていたのがはじまりです。それが戦後の日本に輸入され、「最近の若者はよくわからん」と考える世代が、若い世代のことを「アプレ青年」とメディアなどで呼ぶようになっていったのです。

さらに、そこから「アプレ犯罪」という言葉も生まれました。刹那《せつな》的で無軌道的、無知で無責任な犯罪。「なぜそんな罪を犯したのか」と聞いても、複雑な背景があるわけではなく「金が欲しいからやった」というだけ。現代の私たちから見れば、むしろストレートでわかりやすい犯罪のようにも思えますが、当時はその短絡的な発想が世の中に驚きを与えました。

たとえば、東大生がヤミ金融会社を立ち上げ、多くの人たちから不法に金を巻き上げて検挙された「光クラブ事件」(一九四九年)。これも、現代では有名大学生による性暴力事件などが相次いでいるので、それほど驚きではないかもしれませんが、当時は「東京帝国大学の学生が……」と、非常な衝撃をもって受け止められました。

その他にも、二十代の若者が八千万円を横領した「鉱工品貿易公団横領事件」(一九五〇年)、仏教系大学生による金閣寺放火事件(同)、日本大学の運転手をしていた十九歳の少年が職員の給料を奪って逃げた「日大ギャング事件」(同)、一家四人が惨殺された「築地八宝亭一家殺人事件」(一九五一年)など、刹那的な犯罪が後を絶たず、一種の「流行」のようになっていました。

そして一九五六年には、経済企画庁の「経済白書」に使われた〈もはや「戦後」ではない〉というフレーズが大流行します。国民所得も戦前の水準を超えるなど、日本経済は「戦後」を抜け出し、高度成長へと向かおうとしていました。戦中・戦後の暗い時代は終わった。これからは明るい時代が待っている——『太陽の季節』は、そういう時代の雰囲気の中で書かれた小説でした。そう考えると、「戦後は終わって、これからはもう太陽の季節なんだ」と言いたげなタイトルのようにも思えます。

『太陽の季節』への批判

しかし、戦争の時代の暗さを切り捨てるかのようなそうした態度には、当然大きな反発がありました。石原より年上の、戦前・戦中世代の作家たちは、こぞって『太陽の季節』を批判しました。

代表的なのが佐藤春夫です。彼は、『太陽の季節』が受賞したときの芥川賞選考委員だったのですが、授賞に大反対して「おれは責任は一切負わん」と怒ったそうです。佐藤自身、若いころは親友・谷崎潤一郎の妻を「譲り受け」たり、石原よりもよほどアンモラルなこともやっていたはずなのですが……。芥川賞の選評にこうあります。

僕は「太陽の季節」の反倫理的なのは必ずしも排撃はしないが、こういう風俗小説一般を文芸としてもっとも低級なものとみている上、この作者の鋭敏げな時代感覚もジャナリストや興業者の域を出ず、決して文学者のものではないと思ったし、またこの作品から作者の美的節度の欠如をみてもっとも嫌悪を禁じ得なかった。これでもかこれでもかと厚かましく押しつけ説き立てる作者の態度を卑しいと思ったものである。

選評でここまで酷評することもなかなかないのではないでしょうか。また、文芸評論家の平野謙は、「文學界新人賞」選評の際に次のように言っています。

ほんもののアプレ・ゲールがいよいよ日本にも根づいたか、と私はなかば嘆息し、おれにはこういう世界を批評する能力はない、と思わざるを得なかった。

こちらは、「もう知らん」と匙《さじ》を投げています。「これがいいというなら勝手にしろ」という感じでしょうか。

こうした感想を抱いた人は決して少なくありませんでした。『太陽の季節』が最初に掲載された『文學界』は文藝春秋発行の雑誌ですが、芥川賞受賞後に出た単行本は文藝春秋ではなく新潮社からの刊行です。というのは、当時の文藝春秋の幹部が、「こんなものがうちから出せるか、うちは曲がりなりにも文藝春秋だ」と言って、出版を許さなかったからだそうです。芥川賞を取ってベストセラー間違いなしの作品を手放したわけです。それくらい、ある人たちにとっては嫌悪感のわく小説だったのでしょう。

一方で、高く評価していた人もいました。たとえば、文芸評論家の奥野健男《たけお》はこう書いています。

こゝに描かれた青年たち、及びこれを描いた作者の姿勢の中には大人たちを馬鹿にしきっている、大人たちの権威を一切みとめない新しさがある。若さと本能と快楽に支配されているこの世界は封建的な湿潤さと隔絶している。(『近代文学』一九五五年九月号)

これが「本当の戦後がやってきた」という感覚だとして評価しています。

このように、感覚的な嫌悪感をもつ人と、新しい時代がやってきた象徴として評価する人の対立というのが、『太陽の季節』をめぐる議論の大まかな枠組みといえるでしょう。それを客観的な視点から書いた興味深い記事が、一九五六年の『出版ニュース』に掲載されています。著者は由利正之で、「ああいう小説を大胆に書いて、堂々と発表され、本になり映画になり、一躍人気スターのようになれるという現代社会の変り方」がここには現れている、と書いています。つまり、作品そのものだけではなく石原慎太郎という人物のあり方が新しい時代の象徴である、というわけです。

石原のデビューは、有名作家に弟子入りして指導を仰ぎ、その推挙で文壇入りする……といった、それまでの形とはまったく異なりました。誰の弟子になるでもなく、突然ぽんっと出てきて賞を取ってしまった。それ自体が、従来の封建的な社会集団が崩れてきていたことの象徴ともいえます。

「書かれた内容の問題でなく、こういう題材を発表は愚か、書くことすら夢にも思えなかったのが過去の世代の常識であった」と由利は書きます。「ある評論家は彼等を目して戦後の畸形《きけい》な社会が生んだ狂い咲きだという。何れにしても二つの世代の間に断絶が起り、大きな断層が生じていることは否めない。かつてなかった新しい一つの社会があることが立証されるといえる」。

つまり、石原と『太陽の季節』の登場によって、まったく新しい、それまでとは違う社会がやってきた。それが芥川賞を取った、ということです。もはや「戦後」ではない。では、これから自分たちはどういう時代を生きていくのか。人々がそういう漠然とした思いを抱いていたところに現れた、ある意味で時代そのものを象徴する小説だったということなのだと思います。

「不健康でジメジメした」日本文学へのアンチテーゼ

では、この論争を、石原慎太郎自身はどういう思いで見ていて、どんな発言をしていたのか。いまや忘れ去られている――と言ってもいいであろう、初期の石原のエッセイを読んでみましょう。

まず、芥川賞受賞のすぐ後に出た『青春にあるものとして』(河出書房、一九五六年)という本にはこうあります。

徒らに世間を知った上の年代の考え方が、人間的には不自然な不健康な場合が多いのではないのでしょうか？　現代という時代を生活の隅々に呼吸し肌で感じ取って素直に生きているのは僕らかも知れません。

感動の対象がすでに変って来ているのです。僕らは敏感にそれを感じている。が、古い世代はそれに気づきません。いや気づいていてもそれを偏屈に認めようとしないではありませんか。／たとい、どぎついとか、不健全とか言われても、僕らはどうしようもなくそれに惹かれるようなものが、今日無数にあると思います。／最早、現代は、古い世代が抱いて溺れていた、観念の世界の存在を許しません。

古い世代と自分とは全然違う、新しい時代になっているのに気づいていない旧世代の人々は不健康だと言っています。この「健康／不健康」という二分は、石原にとって非常に重要なものです。『太陽の季節』の太陽はおそらく、健康の象徴でもある。それに対して戦中派や、いつまでも「戦争」を引きずっている人は不健康な香りがする、というわけです。

石原は、「デカダンス」といわれるようなものを非常に嫌っていました。作家でいえば太宰治《だざいおさむ》や織田作之助。内向的でかつ破壊的な、破綻《はたん》に向かっていくようなあり方です。石原にとって、それは「不健康」以外の何ものでもなく、「そんなものが文学であるはずない」という感覚だったようです。

三島由紀夫との対談でもこう話しています。

僕は所謂《いわゆる》小説家と言う人間がきらいだったんです。太宰治みたいにね。あの人が非常に、いわゆる小説家というような感じに思えたな。（「新人の季節　三島由紀夫との対談」『文學界』一九五六年四月号）

いわゆる小説家という人間は、不健康でジメジメしていると石原は言い、「小説しか書けないような人間」が担っている日本文学への反発を口にしています。石原がのちに、ヨットやボクシングに熱中したり、映画を撮ったりしはじめるのも、そういう「日本文学」のあり方への強烈なアンチテーゼとしてではなかったかと思います。

「大衆」への憧れ

次に見ておきたいのは、一九五六年の『特集知性』という雑誌に掲載された「新しい世代の新しい思想」という座談会での発言です。石原のほか、評論家の羽仁《はに》説子、作家の曽野綾子らが出席していました。

ここで石原はまず、こう発言しています。

現代の機械文明というものに人間は非常に不健康に圧しひしがれている。

ここでも「不健康」です。つまり、「現代の機械文明」の高度化に人間の生命が取り残されている、肉体的な快楽のようなものが圧迫されていると石原は考え、そういう状況を「不健康」で乗り越えなくてはならない旧世代的な存在だと捉えていました。そして、機械文明から人間の肉体と生理を解放しなければならない、自分がやっているのは現代に対する「肉体的、生理的」な反発であると語るのです。

この「現代の機械文明からの圧迫なんて取り払ってしまえ、もっと自由に健康に明るく生きよう」というのが、このころの石原のテーゼでした。同じ座談会では、こんな発言も見られます。

太陽族の太陽性というのは、頭の刈り方とか服装ではなくて、要するに人間行為の意識の裏にあるレイゾンデートルだろうと思う。自分の生活の中の人間行為というのを、自分の実感と率直に結ぶ人生態度で、ヨタ学生よりも、旋盤工とか……。

つまり、「ヨタ学生」よりも肉体労働者のほうが健全である。一生懸命汗をかき、その日一日の充実を味わい、そして愛する男女が性的な行為をする。そういうふうに毎日を楽しんでいる人間のあり方こそが、石原にとっての「健康」であり、現代の機械文明に支配された陰鬱《いんうつ》な「不健康」の対極にあるものだったのです。

だから彼は、自分の小説はインテリではなく大衆に受けるんだと言っています。そして、大衆の欲望と率直な肉体感覚を信じると言う。

ただ一方で面白いのは、彼自身はインテリであって、裕次郎にはなれないという自意識を持っているところです。この屈折が、石原慎太郎という人間を考える上ではとても重要です。肉体労働者の生活実感・人生態度への共感は示しつつも、そうなれない自分がいる。本当は難しいことは考えず、生き生きとその日の楽しみだけを味わって生きたいと思っている、けれど実際にそうすることは知性が許さないという人なのだと思います。

大衆への共感を口にすればするほど、大衆的な生活実感から距離のある富裕層エリートとしての自己がせり上がってくる、陰鬱なものが浮かび上がってきて、肉体労働者のようにはなりきれない自己を突きつけられる。裕次郎にもなれない、肉体労働者にもなれない、自分が憧れ、描いているものにアイデンティファイできない、そういう自己がさらされていくわけです。

ボクシングと文学

そうなったときに、石原の憧れは「肉体」そのものを使うスポーツへと向かいます。なかでも、ボクシングに過剰なほどに肩入れしていく。

一九五七年四月号の『新潮』に掲載された「文学への素朴な疑問」という文章の冒頭は、ボクシングの名勝負として挙げられる、東洋フェザー級タイトルを賭けた中西清明《せいめい》対金子繁治《しげじ》の試合シーンから始まります。この試合は中西選手の敗北に終わるのですが、石原はその中西に強く肩入れして、「ボクシングこそが芸術だ」とまで言い出します。

現代の芸術が我々に満たすことの出来ない、英雄的人間への渇仰がそのリングで満たされた。それもむしろ、敗れた中西によって、ある美的な感動さえ伴いながら、僕が願望し渇仰するある僕自身が明らかにそこに見られたのだ。

自分が熱望しているのは、中西というボクサーのような存在であり、そこに現代の芸術が表現しきれないでいる「真の芸術」が現れている。それを見ながら「僕があのリングに感じたものは悲劇などではない。もっと美的な僕自身の生きがいだった」と石原は言います。では、その「もっと美的な僕自身の生きがい」とは何なのか。

所詮はスポーツなのかも知れぬが、プレーヤーのプレイに対する決定的な情熱は猥雑な精神の中で溺れかかって身動き出来ない人間の内に、生のままの人間としての可能性というものを呼び起してくれる。

ひたすら殴り合った末に倒れていく、そのボクサーの姿には、前に前に進もうとする生のあり方が見える。それこそが美しいのだ、というのです。もう少し引用します。

人々がその激闘の中に荒々しく感じる人間のマキシマムは、人間としての自分自身のそれでもあり、人々はそれに対して無為に生き続けている卑小な自分を感じる。がそれを感じた時人々は同時にそれを取り戻し得る自分をも感じる訳だ。いかなる時にもましてこうした時程人間が肉体としての自分を感じることはない。肉体と行為に於ける人間の自覚、現代では精神を云々する前に我々はここから出直さなくてはならないのではあるまいか。

今の時代は、みんなが頭でっかちになって、イデオロギーなどにかぶれながら、ああだこうだと言い合っている。その一方で、肉体の喜びや痛みといった、人間の根源ともいえる動物的な感覚を私たちは忘れているのではないか、と石原は言います。そこにこそ美しさや渇望、快楽なども含めた私たち人間の本質があるはずなのに、みんなが機械文明に支配されて頭でっかちになっている。その状況を自分はぶっ飛ばしたいのだ――というのです。彼自身はまさにその「頭でっかち」なのですが、だからこそ自分からは距離のある「人間の本質」を求めるということなのだと思います。

続いて、こうも書いています。

日本に於いて今殆《ほとん》どの経済学が我々にとって現実から脱落しようとしていると同様、文学もまた、いや文学こそとうの昔に逃亡脱落しているのではないか。文学はとっくに我々にとっての生命的な価値を失ってはいないだろうか――。

現代の作家は、ボクシングの試合に見られるような、肉体的な喜びや痛み、人間の本当の感覚を描けていない。戦争の記憶や自我についてを雄弁に語り、「デカダンス」などといって不健康を気取っている。そんなのは芸術でも文学でもない、「現実とは全く疎遠な美学者と耽美家《たんびか》。現代という混み合った待合室に飾られた生花か青磁の壺だ」というのが石原の言い方です。人間そのものを描けていない、お飾りのようなものだと切り捨てるのです。

石原は、このエッセイの中で、文学本来の役割は「人間を救済すること」だと書いています。「現代に取り残され刻まれている人間だけを先ず救う」ことが本来の文学の、そして石原自身の文学のあり方だというのです。

必要なものは芸術作品の形を借りて表現された苦悩や狂乱ではなく、人間がその絶望を越えるための勇気であり、その可能性への示唆である。

つまり、必要なのはカタルシスであり、現代の鬱屈《うっくつ》した不健康な精神を解放し、真の人間救済を行うことこそが小説の、芸術の役割である。だから、いくらアンモラルだと批判されようとも書くべき小説を書いていくのだ、というのが石原の意気込みなのです。

スピリチュアルへの接近

その石原の、これまであまり知られていない面として、極めてスピリチュアルな人だということがあります。彼は政治家になった後も、ネッシーを発見するために莫大なお金をかけて探検隊を組織したりしているのですが、初期の文章を読んでいると、実はそういう感覚はかなり若いころからビルトインされていたようなのです。

それがよく表れているのが、一九五七年十一月号の『婦人公論』に掲載された「現代青年のエネルギー」という文章です。出だしのほうは、先に引いた「文学への素朴な疑問」とほぼ同じで、青年が回復すべきなのは肉体的な感覚だ、という話が書かれています。ところがそこから唐突に、それにつながる宇宙感覚が必要だと言い出し、次のように続けます。

人間はただの肉塊にまで卑小化されると同時に、その宇宙感覚もまた卑小化されてしまった。今日、青年に与えられた課題の一つは、その宇宙感覚の修復である。

絶望にあえぎ、迷い、孤独に耐えながらも、自分一人で前に進もうとする青年のエネルギーというものを、石原は絶大に信頼している、自分にもそういうエネルギーがある、と書く。そして、そのエネルギーがどこから来るのかといえば、宇宙感覚とつながっているというのです。

こういう石原の感覚に、非常に共感を示しているのが岡本太郎です。一九五六年の『芸術手帖』に掲載された石原による文章、「訪問・岡本太郎」が、その様子をよく表していますます。

岡本は、石原の小説に対して「とても健康な感じがした」「内容はすこやかだし、読んでてうれしくなっちゃった」と言っています。それに気をよくしたのか、石原は後からこう書いています。「話していて今日の岡本さん程、いわば同じ世界の同じ言葉で話し合えた人はなかった」。さらに、岡本が「確固とした岡本太郎の芸術体系」をつくりあげつつあるとして、「そうした新しい芸術の価値体系の基盤にあるものは若々しい人間的な健康さだ」と続けます。実際には、岡本のほうが石原よりもかなり年長にあたるのですが。

岡本太郎が熱中していたのは「縄文」でした。彼は、人間の原初的経験における感性、ロゴス（理論）ではなくエトス（信頼）やパトス（共感）の領域におけるパッション、そういうものが本当の芸術であり、現代社会を覆っている機械文明は突き破らなければならない存在としてとらえていた。それが「芸術は爆発だ」という有名な台詞にもつながっていくわけです。そして、その「本当の芸術」が、縄文プリミティブの宇宙感覚中にこそ存在しているというのが岡本の考えでした。そうした感性に、石原は深く心を寄せているのです。

また、岡本はこうも言っています。「今日の日本文学はみな私小説で、うじうじして、僕のいちばん嫌いな要素ばかりでがっかりする。〝太陽の季節〟なんかほんとうに〝太陽の季節〟だ」。これは、当時の時代を象徴する、一つの非常に戦後的な感覚だと思います。この肉体的な部分と、スピリチュアルな部分がクロスするところが、石原と岡本との結節点なのでしょう。

憲法九条改正に反対する

そして、このころの石原について、非常に意外なことがもう一つあります。なんと、平和憲法礼賛論を述べているのです。

一九五六年六月二十五日の朝日新聞に掲載された、「飛入り〝選挙演説〟」という、識者に選挙について語らせるコーナーで石原はこう話しています。

大衆の生活にいちばん関係があるものなのに政治は大衆とは遠いところで勝手に行われてゆく。エタイのしれぬその本質、その不気味なエネルギー。不感症どころか、政治とはおもしろいものだと思います。

大衆が政治家を選ぶ民主主義的な政治というのは、本質的に得体の知れないもので、「不気味なエネルギー」を持っている、それが気になるというのです。これはまさに、常に大衆の心をとらえてきた、「戦後と寝た」という石原らしい感覚だと思います。

さらに、次の選挙では、社会党の左派に入れることを宣言し、次のように言っています。

今の社会体制というものは大きく変らねばならない。具体的にどう、ということはうまくいえないが、とにかく新らしい社会をつくるということを党の政策として大きくうたい、またそれを実現させる可能性をもっている党だから。

つまり石原は、この時点では、社会党の左派にこそ大衆のエナジーを感じていた。そして、彼が常に重視してきた「肉体」的なもの、太陽のような明るさを憲法九条の中に見出し、「憲法改正反対」を明言するのです。

憲法改正や再軍備は、再びわけのわからぬ国家意識を復活させるから反対。コスモポリタン的で開放的な、今の憲法の明るさがいい。

現代においては、むしろ「護憲」に左派の暗い情念のようなものを見る人も多いと思うのですが、石原は「この憲法の明るさがいい」という。憲法九条こそが本当にリアルなもので、憲法改正や再軍備は軍国主義的で非現実的なもの。それが『太陽の季節』を書いてからまもない石原の感覚だったのです。

同じ一九五六年に『小説公園』に掲載された「夢多し太陽の季節」という座談会があります。年長者二人との座談会なのですが、一人が新聞で読んだ話として、「このごろの若い人たちはエネルギーがありあまってその向けどころがないから『太陽の季節』のようなめちゃくちゃなことをやる。そのエネルギー発散の場として、軍隊をつくって入れたらどうか」という提案があったことを伝えます。今なら石原自身が言いそうな内容ですが、若き石原はこれに対して「非常に危険ですね、そういうことをいわれると」と即座に拒絶しています。

一方で、彼は「戦争」に対するアンビバレントな感覚についても述べています。前出の座談会「新しい世代の新しい思想」では、自分たちの世代は、生きていることの喜びや充足感を獲得するために、逆説的に戦争を望むような心性があることを吐露しています。要するに、自分たちより少し上の世代は、ストレートに戦争は嫌だというけれど、むしろ自分たちは、戦争のない時代にあって生きている喜びすら欠如しているから、「戦争にでもなってくれないかな」という心情が湧いてくるというわけです。

もっと切実に生きたいから戦争でもないかなということなんで、（略）何かおもしろいことないかという、合言葉みたいなものですよ。

それと同時に、戦争が「もっと身近なものになって来たら一生懸命回避すると思う」とも言う。そして同席していた羽仁説子に、もし戦争になって徴兵で引っ張り出されたらどういう態度を取るのかと尋ねられると、即座に「逃げちゃう」と応えます。これが、おそらくは上の世代が苛立った「戦後的」な感覚なのでしょう。現在の石原が聞いたら、どう反応するでしょうか。

価値紊乱者から価値創造者へ

さて、デビューから二〜三年が経ち、文壇でも安定した地位を得はじめた石原が次に考えたのは、既存の価値観へのアンチテーゼを述べるだけでなく、自分こそが新たな価値の創造者にならねばならない、ということでした。その時期に出版されて非常に売れたのが、『価値紊乱《びんらん》者の光栄』（凡書房、一九五八年）というエッセイ集です。その冒頭を飾る、書名と同名のエッセイにはこうあります。

> 今日我々の世代は価値紊乱者の光栄に浴している。現代は文化的混乱というよりも正しくは価値的混乱の時代である。既成の価値体系に安住していた人間から見れば、我々は、その混乱期に横行する兇賊のようなものだ。その兇器は「若さ」である。
> （「価値紊乱者の光栄」、以下同）

> 我々の世代が現代に持つ意味は、我々が共通して抱く、既成価値に対する不信とある面では生理的な嫌悪である。それこそ我々の世代の新しさであり若さであるはずではないか。

> 人間の実在の確証は「健康」である。現代の社会機構は今や我々からその健康さを

奪った。

「若々しい肉体と生理」を全面肯定し、「人間を不健康に規制する既成の文明秩序」から脱却しなくてはならない、と述べる。このあたりは今までも書いてきたことの繰り返しです。しかし、その「我々の世代」も、いずれは「価値紊乱者」から「価値創造者」にならねばならない。そのときに、自分たちは何をしなくてはならないのか、と問いかけるのです。

宗教か政治かあるいは哲学か、いかなる媒体であろうか。そしてそれを我々はどのような態度で受け入れなくてはならないのだろうか。僕にはそれがまだよくわからないのだ。

我々の世代の不安はその設計図を持たぬ不安でもある。がしかし、その設計図を他人から借りて来てはならないのだ。他人がどのように確実と保証しようと、価値について我々若い世代はそのような証券を信じて買い込んではならない。

このときも、石原には常に上の世代に対する嫌悪感が張り付いています。デビュー以来、彼を強く批判し、なんだかんだと文句を言ってくるのはいつも彼より年上の戦中派世代だからです。

一九五六年七月に雑誌『文藝』に掲載された、「戦前派・戦中派・戦後派」というタイトルの座談会があるのですが、そこでも戦中派に対する嫌悪感を繰り返し述べています。

戦中派っていうことについても、中学二、三年からヤミクモに幼年学校へいって士官になってね、ロクなやつは、みんな戦争で死んじゃったんじゃないか。そうでないロクでもないやつが残って、戦中派として発言してるんじゃないか。（笑）

まともな人間はみんな死んでしまって、うまく戦争を回避して生き残ったろくでもない人間ばかりがグチグチ言っている、というわけです。

それから石原は、自分に戦争体験がないことに対するアンビバレントな感覚についても語りはじめます。

戦争の経験とか、そういう体験というものが生活の中にないことは、決定的にちがうと思うんですよ。

ぼくなんかの生活では、戦争というものはプロ・レスリングのタッグ・マッチと同じようなものでね。(笑)戦争がぼくなんかに持っている影の大きさというものは、全然ないですからね。

そして、そういう戦後派には「現代」をつかむための「足掛り」が見いだせないのだ、と石原は言います。三島由紀夫がそれに対し「その足掛りのないのが不安だろう」と返すと、「ええ。ですから空転してるわけですよ」と、以外に素直に返事をしている。

それが空転して、連帯性を持たないいわけなんだな。だから、それが現在的な不安であるか、個人的な不安であるか、蓄積はできないいんだけれども、そういう焦燥を持ってると思うんです。たとえば悩んでる者も、楽しんでる者も、そういうものがあると思うんです。虚脱感みたいなものですよ。それがどういうことで社会的なものに結びついていくかということは、いつも考えるんですけどね、どう考えても出て来ないいんです。

この「虚脱感」という言葉は重要です。つまり、太陽の明るさと健康に心を寄せて『太陽の季節』を書いた石原は、一方で「虚脱」の人なのです。だからどうしても太陽をつかめず、「足掛り」はどこにあるのかと考え続けている。少し年上の三島はここから、古典主義やロマン主義というところに「足掛り」を見つけていくのですが、石原はまだそこまでは踏み込めないでいるのです。
そして、こう続けます。

仲間の平和論とか革命理論なんかを聴いていてもそれがどういう不安で、どういう社会的な問題に、実感でつながっていくか、ということがぼくらには判らないんだな。彼等も判ってないんですよ。

砂川《すながわ》、内灘《うちなだ》など各地で米軍基地反対闘争が広がっていた時期です。多くの若者たちは、生活という本当の「足掛り」を持たないまま、革命理論で武装して闘おうとしている。しかし、自分はそういうわけにはいかない、と石原は言います。

この、運動に身を投じるのでなく、芸術に踏みとどまって考えようとするのが、石原のある意味での誠実さであると言えるかもしれません。それで「ぼく自身は一つの足掛りを、生活を通して持たないとね、次のものは開けて来ないと思うんですよ」と言う。肉体を伴った生活の場から「足掛り」を探さなければならない、それをやりたいというのが、文学に対する彼の欲望だったのだと思います。

同世代の作家たち

このような思いを抱えていた石原にとって幸運だったのは、彼の思いを後押ししてくれる同世代の作家たちが、次々に文壇に登場してきたことでした。石原のデビューに触発される形で、時代が「戦後派」を求めはじめたのです。

その一人が、中学校で石原の一年下にいた江藤淳《じゅん》です。その江藤が石原のデビュー翌年、一九五六年に『夏目漱石』で文芸評論家としてデビューし、いきなり文芸批評の第一線で活躍するようになります。この江藤の存在は、のちの石原の人生にもさまざまな影響をもたらすことになります。

そして、石原の三年後の一九五八年に芥川賞を受賞したのが大江健三郎の『飼育』です。大江はその前年の『死者の奢《おご》り』でも芥川賞候補になって注目を集めていましたが、そのときの芥川賞を受賞したのが開高健《かいこうたけし》の『裸の王様』。開高もその前年の『パニック』ですでに高い評価を得ていました。さらに、少し遅れて高橋和巳《かずみ》が、一九六二年に文藝賞を受賞した『悲《ひ》の器《うつわ》』などで注目されるようになります。

彼らは石原と同じく、戦中派の次の世代として世に出てきた人たちで、しかも概《おおむ》ね二十代前半から半ばで第一線に立つようになっている。彼らに石原は強いシンパシーを抱くと同時に、自分が抱える問題は同世代に共通する問題だという「世代感覚」を持っていました。

石原のデビューと同時期に製作・公開されて人気を呼んだアメリカ映画に『理由なき反

抗』があります。ジェームズ・ディーンの代表作で、高校生たちが崖に向かって自動車を猛スピードで走らせる「チキンレース」が話題になりました。石原がこの映画の感想を『「理由なき反抗』をみて」というエッセイに書いているのですが、非常に共感を覚えていたことがわかります。

大人からすればヒステリックで無軌道としか思えぬああした行動の中で、彼らが無意識のうちに求めているものは一番新しい人間的な真実の価値なのだ。

終戦から約十年経って、アメリカにも新しい時代がやってこようとしていました。「ビート・ジェネレーション」と呼ばれる若い世代の作家たちが熱狂的な支持を受けていた。海を挟んだイギリスでも、「怒れる若者たち（アングリー・ヤング・メン）」と呼ばれる若い作家グループが登場していました。石原や江藤、大江らも、こうした新しい世代の一つとして位置づけられるようになり、やがて六〇年安保へとつながる動きを生み出していきます。

しかし、ここでも旧世代と新世代の争いが起こります。明治生まれの文芸評論家である亀井勝一郎《かついちろう》が、改めて『太陽の季節』批判を展開するのです。

まず、日本語がめちゃくちゃであること。たしかに、石原の漢字間違いの多さなどは、すでに多くの場で指摘されていました。そして、文化人とは本来、世の中から少し離れて社会を見つめる隠遁《いんとん》的なものであり、石原は文化人でもなんでもない、と言います。要は、「伝統」や「型」を非常に重視する世代からの反発ですが、これに対して、石原本人は「俗物性との闘い　亀井勝一郎との論争」（一九五八年）というエッセイで次のように反論します。

繁雑俗性極りない社会生活の中で、社会人として社会的現実と、芸術家個人としての人間的現実の相剋の内にこそ、作家は生きていくべきものではないか。（略）芸術という仕事はある意味で俗物性との闘いである。隠遁は、闘いでなくて逃避だと私は思う。

つまり、世の中から隠遁するのではなく、むしろ大衆の欲望の中にまみれ、その中で大衆を救う足場をつくること、あるいは大衆にカタルシスをもたらすことこそが芸術のあるべき姿であり、自分の文学の役割である、というわけです。

評論家として、この石原の姿勢を擁護したのが江藤淳でした。『奴隷の思想を排す』（文藝春秋、一九五八年）や『作家は行動する』（講談社、一九五九年）などで石原を高く評価しています。自分たちの世代というのは、隠遁者ではなくアクチュアリティを持った行動と一体化している。具体的な現実を根源から作り変えるために、表現によって行動するのが、現代の文学だ。隠遁的で壺を置いてきれいですね、というようなものではない。愛は議論ではなく、事実であるように、芸術において重要なのは行動である。表現そのものが行動となる。そう言うのです。

また江藤は、この本の中で、小林秀雄に対する批判も展開しています。小林は「行動」を無化する文学であり、主体的に現実と関わることを拒否するニヒリズムにほかならない。それに対して自分たちの世代はそうではなく、俗物性とまみえながら何かの足場を見つけていこうとする現実活動である、と。

この「足場」を見つけようとしながら、それが何なのかわからずに迷い続けていたのが石原慎太郎でした。文学なのか、肉体そのもののぶつかり合いであるスポーツなのか、宗教なのか、あるいは政治なのか。宙ぶらりんに浮遊する虚脱感――。それは、この時代を象徴するまさに「戦後的」な感覚だったと言えると思います。

II

「若い日本の会」と六〇年安保闘争

「若い日本の会」の混沌

さて、「戦後派」作家として華々しくデビューしながら、時代の「足掛り」を求めてあがいていた青年・石原慎太郎は、六〇年安保闘争を挟んで「政治」へと接近していくことになります。浮遊し続けていた彼がいよいよ「着地」を模索する時期とも言えますが、その最初のきっかけは何だったのか。私は、一九五八年十一月に結成された「若い日本の会」だったと思っています。

この会は、警察官職務執行法改正案に対する反対運動からスタートしました。当時の岸信介《のぶすけ》内閣が上程した法案は、警察の職務権限を大幅に拡大するもので、「予防拘禁」を可能にするなど戦前の治安維持法を彷彿《ほうふつ》とさせる内容になっていました。それに対して、「デートもできない警職法」といったスローガンが生まれ、若者たちを中心とする反対運動が広がっていたのです。

会の結成を最初に呼びかけたのは江藤淳です。一九五八年十一月一日に結成準備会が開かれ、江藤の他に開高健、谷川俊太郎、羽仁進、浅利慶太の五人が集まりました。そこに石原や大江健三郎、永《えい》六輔、黛《まゆずみ》敏郎など多くの若手文化人が参加して、「若い日本の会」が始動するのです。

面白いことに、参加した若者たちはその後、左右両方で時代を代表する存在となっていきます。石原や江藤、浅利、黛は右へ。一方、永や大江のように左を代表する人たちもいました。左派的なアングラ世界を支えた寺山修司なども参加していました。それだけ幅広い人たちが若者世代というフレームで集《つど》ったのです。

この結成準備会で作成された声明文が残っています。

この法案は戦前の治安維持法をはじめとする一連の暗黒法に通ずるものである。私たち世代はそれらのものから直接の被害を受けず、体験を持たないが、戦争によって言いつくせぬ苦痛を味わった。この法案のもたらす危険を恐れることについては個人的体験を超えた重大かつ深刻なものを感じる。私たちはこの法案に絶対反対、その完全な撤回を要求する。（『文芸年鑑』一九五九年）

ここで注目すべきは、「私たち世代」という言い方がされていることです。この「世代」とは戦争を知らない、石原慎太郎の「太陽族」世代。戦後派第一世代である自分たちこそがこの法案に反対しなければならないという「世代感覚」を語っていることが、「若い日本の会」の重要なポイントなのだと思います。この「世代感覚」という一点にのみおいて、まだ何者でもないあらゆる若者たちが一つの場に集っていた。

石原はこれをどう見ていたのか。一九五九年の『文學界』に掲載された、石原が大江とともに参加した作家たちの座談会「文学者と政治的状況」で、「若い日本の会」の話題が出ています。

石原はここで、一人一人バラバラでいる若い芸術家たちを危機意識で結び合うことは重要だと述べる一方、大きな政治的成果は望めないだろうとも語っています。芸術家が大衆的な政治をそう簡単に動かせると思うべきではない、と釘を刺すような発言をしているのです。

こんな発言もあります。


政治なんてものは、もっと非論理な、そういう因子によって決定されて、回転していくんだという実感がいつもある。


これは、Ⅰで取り上げた「飛入り〝選挙演説〟」で言っていることと同じです。民主主義政治というのは、大衆の「不気味なエネルギー」で動くものであり、知識人の論理では左右できないものだ、という実感を語っています。

「若い日本の会」への参加という行動からは、自身がずっと抱えてきた「虚脱感」の克服を、政治によって目指そうとした石原の側面が見えます。しかし、政治に対してはまだ非常に懐疑的で消極的なものに過ぎなかった。この行動によって自分たちの「足場」ができると本気で思っているわけではないけれど、でも関与はしておこう、という態度なのです。

天皇制への視線――「あれをした青年」

石原が会の活動に熱心とは言えなかったことがよくわかるのが、会の立ち上げの翌月十二月に日本を飛び出してしまっていることです。どこに行ったかというと、南米横断のスクーター旅行で、翌五九年四月までの約五ヵ月の長い旅でした。Ｉでもヨットやボクシングに熱中していたことを指摘しましたが、常に「肉体」「健康」を賛美する石原らしい行動です。

このときは、一橋大学の学生四人を引率する隊長となって、南米、ヨーロッパ、中東を回って帰国しました。出発の前に書いたエッセイ「旅行と言う記念碑」が、一九五八年五月号の『文藝春秋』に載っています。

戦争がその形を変えてしまい、まして平時ともなれば、若い世代が行為を満喫するには気違いじみたスピードで自動車を走らせたり、意味のない暴力に体を張ったりするアブノーマルな手だて以外にはせいぜいがスポーツか、一寸した冒険旅行によるより法もあるまい。

行為を満喫するには、つまり生きている実感を手にするには、アブノーマルな手立ての他はスポーツや冒険旅行くらいしかない。そんなものでしか生の実感を味わえないから無謀な旅に出るのだという、ここにも石原なりのシニシズムが見えます。

さて、石原がこのスクーター旅行から帰ってきたとき、日本はちょうど「ミッチーブーム」のさなかでした。一九五九年四月に、当時の皇太子（現上皇）と美智子妃の結婚式、そしてご成婚パレードがありました。皇居から渋谷の東宮《とうぐう》仮御所まで、四頭立ての馬車が走る大パレード。沿道には五十三万人が詰めかけました。

このご成婚パレードのとき、熱狂する群衆に乗じて一人の若者が皇太子夫妻の乗った馬車に近づき、石を投げつけて、警官隊に取り押さえられるという事件が起こりました。その事件について石原が書いた「あれをした青年」というエッセイが、この年の『文藝春秋』八月号に掲載されています。

六月に講演で長野を訪れたとき、一人の青年が宿を訪ねてきた、と石原は書きます。彼は突然、「実は、四月十日にあれをやったのは僕なんです」と告白する。そして「石原さんは天皇制をどう思いますか?」と聞いてきたというのです。

この青年は天皇制に反対していて、巨額の税金を使った結婚式への抗議として投石した――と警察の取調べなどで話しているのですが、おそらくはその熱情を「この人ならわかってくれるのではないか」と考えて石原のもとにやってきた。ここが面白いところで、もし今、天皇や皇室に向かって投石した若者がいたとして、理解と共感を求めて石原のところに行くことは、絶対にないでしょう。

さらに重要なのは、「天皇制をどう思うか」と尋ねられた石原の返しです。

それは笑止だ。それは全く無意味だ。それについてどう思うかと、よく年上の世代から訊かれることがあっても、土台が無関心なのだからどうと言う判断も実際には有り得ないし、必要でもない。しかし、しかしそれでは矢《や》っ張《ぱ》り困る、矢っ張りいけないと思いもする――。そう思う、と僕は言った。

そして、青年から聞かされた当日の様子や思いについて書いた後で、石原は「僕は正直こんな問題について原稿を書く労を好まない」と書きます。天皇制についてなど、何も考えたことはない。天皇や皇室の存在を身近に感じるのは、「馬鹿広い皇居なる空地を眼にした時ぐらいのものだ」というのです。

皇室や皇太子の問題は僕にとって考える必要のない関心の外にある。（略）天皇が国家の象徴などと言う言い分は、もう半世紀すれば、彼が現人神だと言う言い分と同じ程笑止で理の通らぬたわごとだと言うことになる、と言うより問題にもされなくなる、と僕は信じる。（略）

天皇制を、皇室を関心の対象から無意識にしめ出している我々の世代の実感を僕は健全と思う。

自分たちの世代は天皇の存在などふだん意識していない、それは健全である、と石原は言います。そして、口ではめでたいと言いながらも、ご成婚パレードの熱狂を白々しいと感じていた人は多いはずで、「無意識に巣食っていたあるもの」をあの青年の行動が「ふっきらしてくれた、と言えはしないか」と投げかけるのです。

最後はこう締めくくって、青年への共感を示します。

現代では狂っている人間がまともで、まともな奴が可笑《おか》しいと言うことを誰もが感じてはいるのだ。その誤謬《ごびゅう》を修正する直接の行動のためには、今日では矢張《やは》り一種の兇器に近い誠実さと勇気がいると言うことも。

こういう言葉を天皇制に向けて投げかける。これが若き石原慎太郎の感覚でした。

戦中派との衝突——「戦争」をめぐって

さらにこの年の雑誌『文學界』の十月号に、石原にとってのエポックメイキングとなる重要な座談会が掲載されています。石原のほかに江藤や大江も参加している「怒れる若者たち」と題された記事なのですが、このなかで、石原は戦中派の評論家である橋川文三《ぶんぞう》と、けんか寸前の大議論を繰り広げています。というよりも、橋川が石原に対して本気で腹を立てているのです。

このやり取りは、非常に興味深いものです。まず冒頭で石原が、冒険旅行——先に触れたバイク旅行のことです——から帰ってきて感じたことを話しています。

僕が旅行のあとで感じたことは、つまり自分のやっている芸術なら芸術というものへの信頼感が揺らいだということね。（略）いま生きている人間として最もアクチュアルな問題が文学の中にとり上げられていない。それは芸術家として自分自身に対する怒り、同業に対する怒りだったわけなんだけれどもさ。

つまり、冒険旅行のさなかに感じたような「生きている実感」を、文学は読み手に対して与えられていない。それが今の文学の問題点ではないか、と提起しています。

これに対して、戦中派・橋川は「戦争のことはどうなんですか？」と問いかけます。そうした問題を突き詰めるなら、戦争を書くことこそ重要ではないのか、というわけですね。

しかし石原はこう返します。

戦争というのは、要するに人間の存在にとって極限的な状況で、その中でそれを摑むことは案外イージーなんですよ。ところが今日では人間の存在がはるかに希薄になっている。戦争中よりも現代のほうが人間の存在は希薄だと思うんですよ。

人間の存在が希薄になった、生きている実感すら奪われたこの時代における実存の問題こそ、今の文学は問わなければならないのだ、と言っています。それに対してもう一人の戦中派、作家で評論家の村上兵衛《ひょうえ》が、戦争を経験した自分たちからすると「まだ一つも戦争が書かれていない」と指摘します。

すると石原は、吐き捨てるように「今になってまだ戦争ばかり書いて、どうなるんですか」と返します。もう戦争は終わったのに、あなたたちはいつまで戦争、戦争と言っているのか。問題はもっと先に進んでいる、今の時代の生の希薄こそ問わなければならない。そんな切迫感が石原には存在していました。

このあたりから、橋川の怒りに火が付きはじめます。彼は「戦争は終ったということは自明だけれども、現代の思想の問題としてみると果してどうなのかという疑問が出てくると思う」と言います。彼は戦前、民族主義文学の日本浪曼派《にほんろうまんは》にのめり込んだ自己を、生涯かけて問い続けた人でした。「現に戦争は継続しているメタフィジックな立場」があると主張するのは、当然とも言えます。

しかしこれを聞いて、石原の盟友である江藤が「よくわからんね」と冷笑します。それを受けて石原も「僕も分らないね、戦争が継続しているという事が。もっとフィジカルなもんだろう、戦争は……」と続ける。

橋川からすれば自己の大切な問い自体を否定され、怒りが込み上げてきます。対する石原は、橋川のようにいつまでも暗く戦前・戦中の自分自身を問い続けているなんて不健康だ、と考えている。戦争なんかより、今のこの「希薄になった生」の問題こそが重要である。そこにぶつかり合いが生まれるのです。

政治への接近

さらにこの座談会はもう一つ、話が意外な方向へと転がりはじめます。どうもこの時点で、石原は陰《かげ》で自民党と接触し始めていたようで、それを江藤にバラされてしまいます。江藤が突然、石原に向かって「自由党によって実行するあなたと、文学者であるあなたと、どこで切れて、どこでつながるのか」と言い出します。掲載されている記事には「自由党」と書かれていますが、自由党はこの座談会の四年前の一九五五年に日本民主党と合同して自由民主党になっているので、自民党の間違いでしょう。

かなり唐突な発言なのですが、おそらく石原は、少し前から自民党の政治家と近づきつつあり、そのことを周囲に漏らしていたのではないでしょうか。そこで江藤が、政治への接近と、文学者としてのあなたにはどういう整合性があるのか、と問い詰めたのだと思います。

問われた石原は「切れてないね」と返します。文学者としての自分と、政治に近づく自分とはつながっている。そして「そういう小説を書きますよ。しかしそれは何万部売れても、残念だがその小説は、実質的に政治に対して結局殆ど何の作用もしないだろう」と続けます。

江藤はさらに詰め寄ります。「小説を書いて現実を動かせないということはわかり切ったことじゃないか。つまり文学者というものは断じて実行しないもんだと思うんだ。だからこそエッセイなり、詩なり、小説なりが全存在を賭けた行動になる」。

つまり、江藤は実行と行動とは違うと言っているのです。彼の言う「行動」とは、全存在や魂を賭けた文章を世の中に投げつけるということ。表現すること。それがあってこそ、小説家は小説家たり得る。なのに、小説を書きながら、現実の政治とも相互交流し、具体的な政策として政治的に「実行」しようとする石原の態度が「納得いかない」と言うのです。それは作家の「行動」とは異なる。そういう確信が、江藤にはあります。

さらに「石原さんは自民党から選挙に打って出てもいいよ」と江藤は続けていますが、これも石原が出馬の可能性を臭わせていたのでしょう。「ぼくは投票しないけれどね。しかしけじめをはっきりしてもらいたい」という江藤に対して、石原は「君の言うのはよく分る。そうした結局は芸術至上主義的な論理が、僕には一番怖ろしいね」と答えます。高尚な壺をありがたがって飾っているけれど大衆にはまったく届かない、そんな芸術至上主義はごめんだ、政治と芸術は連続していて、自分はそこをやりたいんだ、というわけです。

なおも江藤は言い返します。「文学者としては現実政治と密通するのはおかしいんだ」。ここでこの二人のスタンスの違いがくっきりと見えてきます。終生、批評家であり続けた江藤と、のちに政治家になる石原の感覚のずれ。渾身《こんしん》の力で書いた作品こそが行動だと思っている江藤に対して、石原はもっと具体的な足場と具体的な手触りを求めているのです。

石原が、いつまでも冒険旅行をやっているわけにはいかない、これからは政治じゃないかと思い始めたのは、おそらくこのころだろうと思います。あとで政治の世界に入った理由を問われると、彼はベトナム戦争がきっかけだと言っているのですが、実際にはその七〜八年前、この時期から自民党と接近して、自分の足場を政治に求める土台をつくっていたのではないでしょうか。

「刺し殺せ」——シンポジウム「発言」

そして、この座談会が行われた直後の一九五九年八月に、石原は江藤淳が主催したシンポジウムに参加します。「発言」と題するこのシンポジウムには、石原、江藤の他に大江健三郎、谷川俊太郎、浅利慶太など、その後の時代をつくっていく顔ぶれがずらっと参加し、翌年には書籍化もされました。『発言──シンポジウム』(河出書房新社、一九六〇年)です。

シンポジウム参加者には、事前にそれぞれ自分の論考を提出することが求められていました。それをみんなで読み合って議論を深めようというのですが、石原が提出した論考のタイトルは「刺し殺せ」。「若い日本の会」への参加や、先ほどの座談会での発言と併せて、上の世代に対して苛立っているのがよくわかります。

石原はこう書いています。

このシンポジウムの準備会で、みんなが期せずして自分の仕事を通じての絶望感を持っていたのは印象深かった。私だって同じことだ。

このころ、石原は「太陽族」の生みの親と言われ、きらびやかで華やかな光の中にいたはずでした。しかし、実際には自分は絶望や虚無の中にいて、同世代の江藤らもみんなそうなのだと言っているわけです。さらにこう続けています。

戦後を、この混乱と停滞を誰よりも享受したのは、われわれなのだ。なぜならわれわれわれにはその以前は殆どなかったのだから。
今日、アクチュアルなものとは一体何なのか。それはお涙さそう戦争の傷や、罪の意識、天皇、戦争という一種の極限状態におけるヒューマニズム等々、そんなお題目では決してない。もちろんそれもいい。しかし人間にとってはるかに実質的なアクチュアリティは今日この、摑みどころない状況そのものである。

先に挙げた、座談会での橋川文三との議論とも重なる内容です。この「摑みどころない状況」への苛立ちが、次の文章にもよく表れています。

人を刺す代りに、私は人間の文明なるものを刺し殺したい。この態度の有無が、芸術家にやがて彼自身の人間としての可能性の有無を決めるだろう。もはや改修ではない。壊して殺して息がつづけばその後、創るのだ。

「真の戦後派」と言われた石原ですが、実はその戦後をこそ破壊したい、そして虚無を抜け出して何かをつくり出したいと考えていた。しかし、何をつくればいいのかはまだわからないという苛立ち。それを共有している同世代とともに、「自分たちは何をつくり出せるのか」を話してみたいというのが、このシンポジウムに際しての石原の立ち位置でした。

見る前に跳ぶ——大江との論争

次に、シンポジウムでの議論の内容を見ていきましょう。ここで面白いのが石原・大江論争です。

まず石原が、停滞の中で耐え続けるのではなく、一歩を踏み出さなくてはならないという趣旨のことを話します。そして最近、何かといえば「ファシズム呼ばわり」されることに対しての不満を口にする。

大江はそれに対して、石原が親しくしている中曽根康弘こそ「日本のファシズムのいわば現場にいる人」であり、その中曽根と「友情」を感じ合ったりするのは、「石原さん的ムードが現実のファシズムと結びつく要素をもつことを端的に示している」と批判します。石原は、「中曽根康弘にはファッショの危険というものは感じない」と返すのですが、大江は納得しない。そして、「石原さんは停滞をうち破るために見るまえに跳んでしまう」のだ、と指摘するのです。

大江は、そういう石原の姿勢にも「心ひかれる」と述べています。しかし「ぼく自身の考え方では、人間は見るまえに跳ぶことはできない」と言い、「石原さんが目をつぶって破壊しようといっているのは、（略）結局は停滞の中でじっとしているのと同じじゃないかと思うんです」と迫るのです。

石原は「跳ぶ」というけれど、それは跳んだ先に何かがあるということを、現実感を持って想像さえできていないから言えるのであって、結局は停滞と同じではないかというわけです。そうではなく、リアリスティックに一つひとつ行動を積み重ねていこうというのが一貫した大江の主張でした。

それに対して、石原は「人間の直接の行動というのは人間の本能からいって大江さんの話が当る」と認めつつも、「作品ということではそういう綱渡りみたいな人間の本能から不可能なような行動が作品の上ではできるような気がする」と答えます。人間には本能的に不可能な行動を可能にする、そういう文学が必要なんじゃないかというのです。

ただ、「心ひかれる」という言葉からもわかるように、大江は石原の意見に半分違和を抱きつつも、半分で呼応していました。そこに「ゆらぎ」があり、石原の「見る前に跳ぶ」という感覚を共有していたからこそ、このあと大江は六〇年安保の闘いの渦中に飛込んでいくわけです。実際、この論争後も、しばらく二人の親しい仲は続いていました。さらにその後は決定的に決裂していきますが、この時期の「匂い」が感じられる、面白いやりとりだと思います。

政治に参画するのか──江藤との論争

シンポジウムの主催者でもある江藤とのやりとりも興味深いので見てみましょう。やはり石原の中曽根との交友が気に入らない江藤は、石原に「きみは実際に政治権力に参画して実行しようと思っているのか」とストレートに尋ねます。
石原の答えはこうです。

そういう関心はないしそういうものに対してぼく自身が立候補して代議士になるよりも、ぼくが考えている小説家の行為というものがある程度充実されてきたら、代議士になる以上の効果があることを期待している。だから自分自身の小説を変えようと思っているし反省している。

石原がここで、自分の小説を「変えようと思っている」というのは、自分の小説が「政治に勝てていない」と感じていたからです。代議士になること以上の何かを持ち得るような、自分たちが抱え続けている「空虚」に対する価値を創造できるような文学を書かなければいけないのに、いまだ自分はそうできていない。その反省を口にしています。

事実、この直後から石原は、あとで取り上げる『挑戦』という、彼の人生にとても重要な意味をもつ小説の構想を練り始めます。みんなから、政治に行くのか、見る前に跳んでしまうのかと詰め寄られて、いや、俺は小説で行く、書くべき小説を書けていないことを「反省している」と言い、実際に書こうとするのですから、非常に真面目で素直な人だと言えるのかもしれません。

江藤はさらに石原にこう告げます。「きみが安易に言語を放擲《ほうてき》して実行に走ることだけはやめてほしい。石原さんは本当はそれに適していないし、そうしないことに石原さんのすべてがかけられていると思う」。要は、おまえは政治家には向いていないよ、ということですね。

また、芸術に対して「九十九％かけてやる」という石原に対して、江藤は「なぜ百％かけないのか」とも詰め寄ります。百％かけなければ、芸術は芸術たりえないじゃないか、と。石原の返事はこうでした。

たえず直接政治に参与する。立候補してみたいという、端的にいえばそういう誘惑というか、そういう意思をもちながら、一％逆の期待をもちながら、おそらく一生小説を書くだろう。おれはおれの態度が一番誠実だと思う。

この時点で、石原にはすでに「立候補してみたい」という思いがあったのです。それでも小説を書き続けるのが自分の方法だ、と言っている。

しかしこの答えは、江藤を満足させるものではありませんでした。終了後、江藤はこのシンポジウムには何の価値もなかったとして、石原を含む同世代への絶望を深めていきます。その流れの中で、六〇年安保の時代がやってくるのです。

安保闘争の中で

一九六〇年に入ると、警察官職務執行法反対を掲げて結成された「若い日本の会」は安保闘争へと突入していきます。先にも述べたように、大江などはそこにまっすぐに飛び込んでいくのですが、石原はそれに対して非常にシニカルな態度を取り続けました。二〇一五年に、戦後の七十年を振り返って出版したエッセイ『歴史の十字路に立って──戦後七十年の回顧』（PHP研究所）で、当時のことをこう記しています。

私も当時は自民党の単独採決には反対だったが、審議を尽くして決めなければならないと思っていただけで、安保そのものに反対ではなかった。
（略）単独採決反対のはずがなぜか安保反対になっていった。

つまり、自民党が多数決によって安保改正を押し切ることには自分も反対だったけれども、その強権的なやり方ではなく安保そのものに反対する運動になっていくことには、自分は付き合いきれないと思った、というのです。そして、反対運動の集会に当時人気だったクレージーキャッツのハナ肇《はじめ》など芸能人がやってきて、みんなが盛り上がっている様子などについても、こう書いています。

みんなウキウキしていたが、その実自分が何について何のために何を言っているのかわかっている人間はほとんどいなかったような気がする。（略）
　実際、日米安保条約なるものの新旧の条約を読み比べていた者がどれほどいたか。

たしかに、運動の渦中にあっても、条文を読んでいた人は多くなかったかもしれません。それは、安保の内容がどうなのかということよりも、ある一つの価値を押しつけてくる大人たちに対する反逆にこそ価値があると考えていたからだと思います。そのなかで石原は、「「安保ハンタイ」の前にこれはまず自分で条文を確かめ、自身の判断を持たなければならないと発心《ほっしん》した。そしてその限りで、安保改定は日本にとってセコンドベストというよりないと私は判断した」というところにたどり着くのです。

　結果として、「若い日本の会」は、「いつの間にか安保反対の勢力に組み込まれ、江藤淳氏や私、有吉佐和子氏らはそれにフェードインさせられるのは話しが違うということで脱会し、会そのものが雲散霧消していった」と石原は書いています。おそらくこれは、ほぼ事実なのだろうと思います。

　ただ、石原が安保改定を「セコンドベスト（次善の策）と判断した」のは当然といえば当然です。なぜならこのころ、裏で彼は自民党とつながっていたのですから。かつて「社会党左派に投票する」と言っていたときとは感覚が大きくずれてきていることがわかります。

江古田団地にて――江藤淳の離脱

一方、江藤にもまた、運動からの離脱を決めるきっかけとなる出来事が訪れていました。一九六〇年当時、安保反対を訴える若者たちは、人の集まりそうなスポットをあちこち回っては演説会を行い、江藤もその一員として参加していました。ある日、中野区の江古田《えごた》にある新しい四階建ての団地にさしかかったときのことです。

そこは、若い世代の家族が多く住んでいるところで、人が集まりそうだというので、みんなボルテージをあげて演説会をはじめた。ところがそこに、若い母親が一人やってきて「ちょっと待ってください、今子どもが寝たばかりなので、静かにしてもらえませんか」と言ってきた。周りの仲間たちは、「子どもが寝たのと、安保の問題とどっちが大事だと思っているんだ、そんなこともわからないのか」とはねつけます。しかし江藤はそれを見ながら「母親のほうが正しい」と感じていました。

必死の思いで手に入れたわが家で、夫が仕事に出ている間、母親は一人で家を守ってい る。その中で、ぐずぐず泣いていた子どもがようやく寝てくれて、ほっとできる時間を迎えられた。そこにうるさい奴が来たとなったら、勘弁してくれという気持ちになるだろう。それは生活感覚としては正しい、と考えた江藤は「この運動は間違えている」と感じるようになっていくのです。

そして、その違和感をさらに強めたのは、左翼運動の中に蔓延《まんえん》する「決定したことには従え」という空気でした。異論を口にした江藤は分断主義者なのかと詰め寄られます。そのとき江藤は「私の主人は私以外にはいない。そうでなければ、どうして文学をやっていられるであろうか」と感じた、と『婦人公論』に掲載された「政治的季節の中の個人」(一九六〇年)の中に記しています。

圧迫に従属して「反対」と声を揃えるような人間がやる文学が、どうして人の魂を救えるのか、と江藤は言い、「こんな運動からは決別する」と宣言します。そのときに逆の立場を取ったのが大江で、ここで二人の関係性にヒビが入るのです。

一九六〇年六月の『週刊明星』に、「安保改定・われら若者は何をなすべきか」と題した、江藤と大江の対談が載っています。ここで大江は、江藤の「私の主人は私以外にはいない」という主張に対して、こう述べるのです。

「江藤さんのご意見はリアリスティックだと思う。しかし、この問題に関する限り、ぼくは文学者としてのリアリズム信仰を捨てて、デマゴーグに踊らされる一兵卒になりたいと思うのです。いま若い人で、岸反対の人間がいて、同じ学校で一つのデモが行われている――それに参加しないやつがいたら男らしくないと思う」

ここから、イデオロギー的な政治運動ばかりに関わっていたら文学は死んでいく、と考えるようになった江藤は、「実務家が重要だ」として、雑誌『中央公論』で実務家に取材をするという連載を始めます。そして、生活の中から、生きている場所から文学を問わねばならない、と問いを発します。これが、左派的な運動から江藤が完全に決別した瞬間だったと言えるでしょう。

虚脱感を克服するナショナリズム――小説『挑戦』

では、そこまで明確な決別はしなかったものの、安保反対の運動をどこか斜めから見ていた石原はどうしたか。それを考えるときに重要なのが、彼が発表した『挑戦』（新潮社、一九六〇年）という小説です。今ではほとんど顧みられることのない作品なのですが、一九五九年十一月から六〇年七月にかけて雑誌『新潮』に掲載されました。安保改定が強行採決されたのが六〇年五月、自然承認が六月ですから、まさに安保闘争のさなかに書かれた小説ということになります。

ストーリーについて、石原はのちにエッセイでこう書いています。

現実の社会生活の中で疎外されきった一人の戦中派の挫折者が、彼が方法として信じることの出来ぬ石油会社の営業という職業の中で、突然、国際的に封鎖されていたイランの民族石油を買い付けることを思いつき、病身を賭して奔走し、第一回目の買い付けが成功した時満足して死ぬという話だ。（『歴史の十字路に立って――戦後七十年の回顧』）

これを読んで、ピンとくる人もいるかもしれません。まったく同じ話を下敷きに書かれている小説が百田尚樹《ひゃくたなおき》の『海賊とよばれた男』（講談社、二〇一二年）です。二つの小説のモチーフになっているのは、一九五三年に起こった日章丸《にっしょうまる》事件です。石油を国有化したことでイギリスと対立したイランが、イギリス海軍にペルシャ湾を封鎖されて国際的に孤立するなか、日本の石油会社・出光興産《いでみつ》が石油の買い付けを実行。アバダン港からガソリンと軽油を積み込み、封鎖を突破して川崎港に戻ってきます。それに怒ったイギリスの石油会社が日章丸の積んできた石油の所有権を主張して出光を東京地裁に提訴するのですが、裁判は出光の勝訴という結果になりました。

この裁判のなかで、出光興産の創業者で当時の社長だった出光佐三《さぞう》は、こう言ったと記録されています。「この問題は国際紛争を起こしておりますが、私としては日本国民の一人として俯仰天地に愧《は》じない行動をもって終始することを、裁判長にお誓いいたします」。非常にナショナリスティックな発言です。『挑戦』もまた、この出光の考えに沿った、ナショナリスティックな物語になっています。

主人公である伊崎は戦時中、戦場でけがをした戦友に懇願されてその命を絶ったという過去を持っています。その戦友の死に顔が頭から離れず、戦後の虚脱感の中で生きている。その伊崎が出光興産をモデルとした石油会社に入社し、イランへの石油買い付けに奔走することで、魂を回復させていくというストーリーです。

橋川文三との議論で「今になってまだ戦争ばかり書いて、どうなるんですか」と切り捨てた石原ですが、心の中ではずっと気になっていたのでしょう。「自分なら戦中派をどう描くか」ということにチャレンジしたのです。

彼は、伊崎のように戦争経験から深い虚脱感に陥り、戦後は半ば生きた屍《しかばね》になったように過ごしている人間こそが「誠実な戦中派」だと考えました。そして、彼がどう虚脱感を乗り越え、再生していくか。この「虚脱感を乗り越えた幸福」が、『挑戦』のテーマになっています。これは、「戦争をどう書くのか」という橋川への回答であると同時に、石原自身が抱え続けてきた問題でもありました。

そこで、虚脱感を乗り越えるための答えとして石原が見出したのが「ナショナリズム」でした。国家と国家の闘いという大きな物語の中に、自分が何かの意味を見出してコミットしていく。そこにこそ、生きている実感を与えてくれる肉体感覚が宿っているというわけです。

そうして、伊崎のようにナショナリズムによって虚脱感を克服した戦中派を声高らかに称えるとともに、ニヒリズムに埋没しているような人間を、石原は徹底的に嫌悪します。象徴的なのが、『挑戦』の半ばに出てくる銀座のバーのシーンです。

伊崎がふらっとバーに入ると、隣の席に売れっ子作家らしき男性がいて、編集者と飲みながら自分の過去を饒舌《じょうぜつ》に語っている。いわく、自分は入隊するのが嫌で逃げ回り、生き残って戦後作家になった……。「卑怯《ひきょう》になると言うことだけにも勇気がいるんだ。いや、僕は勇気をもって卑怯なものになった――」。

これを聞いて、伊崎はキレます。「戦いで、死んだ人間に比べれば、卑怯者はようするにただの卑怯だろう」。かつて座談会で石原が口にしていた「まともな人間は、みんな戦争で死んでしまったのではないか」という感覚ともつながります。そして伊崎は、「卑怯に、勇気なんぞ、いりゃしない」と言って作家に殴りかかり、バーをつまみ出されるのです。

『挑戦』への評価と挫折

作中で、伊崎が勤める会社の社長・沢田はこう語ります。「今日ほど民族とか国家と言う言葉がわれわれにとって疎遠に聞こえる時代はないかも知れない。しかしわれわれの仕事の上での努力は、間違いなく実質に、民族の、国家の正しい繁栄につながっているのだ」。

国家というものを取り戻すことによって、虚脱感を克服し、生きている実感を得ることができる。そのことを文学で示す、これこそが自分の役割だ――。それが、石原のようやく見出した着地点でした。彼は、安保闘争そっちのけでこの連載を進め、書き上げて世に送り出します。ところが、この石原の「渾身の作品」に対する世の評価は、非常に厳しいものでした。

なかでももっとも厳しかったのが、他でもない橋川文三です。一九六〇年十二月号の『新日本文学』に掲載された「奇妙な魂の再生の物語——石原慎太郎著『挑戦』論」は、ここまで厳しい論評があるだろうかと思うくらい、徹底した批判に終始しています。

まず主人公の伊崎について、「石原のそのテーマにあわせてしたてられたメロドラマ風の人物にすぎず、人間としての形象化はいかにもお手軽」。さらに、伊崎が抱えるニヒリズムについても、「深く精神の問題として造型的に追及されている気配は認められない」と批判します。

そして、伊崎がそのニヒリズムを克服するときに、突然「宙からつり下がってきた「国家」「民族」」というものに寄り添おうとするのですが、なぜ伊崎が国家や民族にかけようとしたのか、その内面的なつながりが描かれておらず、「とつぜん伊崎の内部には聖火がもえ上がり、全体が華麗なファンファーレへと急調子に転化してゆく」と指摘します。

さらには、石原自身についても「奇妙な戦中派擁護者」だと糾弾し、「伊崎は戦争によってその魂を失い、戦争によって再生する単細胞生物であって、哲学的には石原の汎《はん》エネルギー論の形象化ということになる」。そんな単細胞の人間をメロドラマ風に描いただけの小説に価値があるわけがない、と一刀両断してみせるのです。

橋川の批評だけでなく、『挑戦』への低評価は、石原に深い挫折を与えました。「着地点」をようやく見つけた、この作品によって真の文学者たる資格を得たという気持ちでいたところに、あまりにも厳しい批判を受けた。ほとんど評価されなかった。このことを石原は根に持っていたようで、いろんなところで何度も書いています。エッセイ『歴史の十字路に立って』にもこうあります。

当時、私の『挑戦』は、さして芳しい評価を受けはしなかった。ある批評家は、パチンコ屋で聞く軍艦マーチのようだと言い、ある者は、滑稽なヒロイズムと非難した。その理由は、私の小説仕立てがメロドラマチックであったということのようだ。だが、私はそうは思わなかった。作家からの言いがかりではなく、それはむしろ読む側にある問題ではないかと思っていた。

読む側の問題とは何か。石原は「日章丸事件そのものが、当時の無気力な日本人の多くにとって虚構的だったのだ」とも書いています。つまり、現実に起きたことでありながら、あまりに大きくチャレンジングな事件であったために、人々はそれを虚構的にしか捉えられなかった、というのです。そして、こう続けます。

それを現実の出来事として受け取りながら、喝采を上げながらも、自らの内的なものに呼応して是認される現実を感じることが出来なかったのだ。つまり、噛み砕いて言えば、敗戦からわずか八年の日本人にあんなことが出来るはずはないという彼らの意識が、小説の主題として描かれ見せられると、奇妙に現実感覚を失って虚構としてしか受け取られないのだ。それはつまり日本人自身の民族意識の欠落の証しでしかないと私は思っていた。

『挑戦』は、石原が世の中の人たちの「生きている」という実感や肉体感覚を呼び覚まそうと考えて、全力で書いた小説でした。しかしそれが、「メロドラマ」という、甘い虚構の物語として捉えられてしまった。それは日本という国自体が、現実というものを感じられないような虚構の中に陥っているからだ、民族や国家というものに対してピンと来ないような、空っぽの国家になってしまっているからだ。石原はそう考えるのです。

つまり、厳しい批判を受けたことで、彼は逆説的にその小説にのめり込んでいく。小説と現実と、どちらがおかしいのか。もちろん現実がおかしい。この作品の価値が伝わらない日本にこそ、自分はやはり吠えなくてはならないのだ。石原はそう考え、これこそが自分の「着地点」だという確信を強めていきます。

彼にとっての「国家」「民族」は、非常に観念的なもので、現実の経験に根ざしたものではありません。橋川が「宙からつり下がってきた」と言ったのはまさにそのとおりで、ずっと抱えていた「足場がない」という虚脱感、焦燥感に、仮構《かこう》の回答を与えてくれるのが国家であり民族だったのだと思います。

江藤淳の「日本回帰」

こうして石原は、国家や民族といった物語を世の中に植え込まなければならない、という感覚にどんどんはまり込んでいきます。かつてはむしろ発言することを避けていた「ナショナリズムについての感受性」といったことを、あちこちで書き始めるのです。たとえば『読売新聞』に連載していた「発射塔」（一九六一年四月～六二年四月）というコラム欄の「足元を見る」と題した回にこんなことを書いています（読点が延々と続いて一文の長い、しばしば「悪文」だといわれる石原らしい文章ですが……）。

梵鐘《ぼんしょう》の一韻にわれわれがふと感じるカタルシスあるいは人気のない小寺の山門、内庭に感じるあの思いがけない安息と、ゆえの知れぬ、ある宇宙感への予感のような感慨、そうしたものの内に、西欧からの輸入に明け暮れ涙ぐましく追い回してきた「現代的」なる仕事への意欲の蔭にまぎれて、とうに見失い、それらの仕事とは疎遠でしかなかった、われわれだれもが持つ民族としての感情や精神の始原的な様式のようなものをふと覚えることがある。それは改良とか進化を起こしたわれわれ民族の根源的ななにかに違いない。つまりわれわれは、さかだちしてもそうしたものから足は抜けないのだ。

だから足元を見るんだ、民族の始原性のようなものに依拠しなくてはならない、というわけです。

同じようなことを書いているのが一九六一年七月号の『中央公論』に掲載されたコラム「復権——知識人の自画像」です。ここでは、「文明のナショナリズムがなくて、インターナショナルな理念などあり得ない、と私は思う」「われわれはもう一度日本の文明にズロースをはかせなくてはならない」と言っています。「ズロース」は下着のことなので、「ズロースをはかせる」とは、「防備しろ」ということでしょうか。要するに、新しいものをどこかから持ってくるのではなく、日本文明という土台の上に価値を載せることが重要なのだ、と言っているわけです。これが『挑戦』が一つのきっかけとなって出てきた、石原なりの「愛国」なのだと思います。

実は、これとちょうど同じ時期、江藤淳もまた「日本」へと回帰しようとしていました。特に、一九六二年から二年間アメリカに滞在して帰国した後の彼は、日本の古典を読み込んで、この古典世界との連続性をもう一度つかみ直したいと、「日本文学の特性とは何か」

を問う「文学史に関するノート」という連載を『文學界』で始めたりしています（のちに『近代以前』のタイトルで書籍化）。

また、よく知られているのが、帰国後に彼が唱え始めた「治者の文学」という概念です。これまでの日本の戦後文学は、みな自分の挫折感ばかりを描き、救済は誰かがやってくれるものとする「甘えの文学」だった。そうではなく、常に自分で責任を持ち、主体性を持って行動し決定する、そうした「治者の文学」を自分たちはしたためていかなくてはならないのだ、という考え方です。

この姿勢がもっともよく表れているのが、江藤の代表作でもある『成熟と喪失』（河出書房新社）という一九六七年に発表された作品です。このなかで、江藤は近代日本の中に存在する母子密着という構造が日本人の「成熟」を疎外している、と述べています。日本人が成熟するためには、「母の崩壊」を経験し、「父の欠落」を主体的に埋めていかなければならない。立派な父になることが立派な主権者となり立派な統治者になることであるのに、アメリカという母に抱かれ、自己決定を放棄した日本は、父になることの不可能性の中にある。日本は今こそアメリカから自立し、主体性を確立しなければならない。そうしなければ日本に真の文学は現れない、というのが、『成熟と喪失』で描かれた江藤の文学論でした。

つまり、石原と江藤は、日本回帰、そして「国家」や「民族」に立ち返ることにこそ、真の文学、あるいは真のリアリティがある、というところに奇《く》しくも軌《き》を一《いつ》にしてたどり着いたわけです。それは、一度客体化したものを自分で主体的に選び直す、再帰的なナショナリズムでした。

真の戦後派、無軌道な太陽族といわれた世代から、そうした議論が出てきたというのが、「はじめに」でも述べた一九八〇年代以降の「戦後派保守」の初発の形態だと思います。石原の『挑戦』とそれに対する批評が、新しい日本のナショナリズムが生まれる一つの契機だったといえるかもしれません。

迷走の中の六〇年代

とはいえ、この時期の石原はまだ「ナショナリズム」に、迷いなく着地できたわけではありません。政治の世界に向かおうとする前の、彼の「助走」「迷走」ともいうべき過渡期的行動も、この章の終わりに少し見ておきたいと思います。

文学では『挑戦』が大不評を受け、かといって政治の世界に飛び込む決心もついていない。そんな石原が行ったことは、再びの「肉体」への回帰でした。

まず熱中したのがカーレースです。一九六〇年九月号の『新潮』に、「スポーツカー・レース」というコラムを寄せ、こう書いています。

とにかく人間は、ひとり自動車だけとは言わない、ヨットにしろ飛行機にしろ、なぜこう走るものに憧れて惹かれるのだろうか。

それはスピードの魅力と言うよりも、スピードを増すことによって自分をより強く、遠く、独りだけの世界に閉じこめることへの陶酔感だろう。

ものすごいスピードで走ることによって得られる、自分の命を自分でコントロールしているという実感。それはヨットレースも同じだったようで、ヨットの体験記もこの時期に何度も書いています。死と隣り合わせになることで初めて生命の躍動のようなものをつかむことができるというのは、石原の感覚だったのだと思います。

また、石原は同じ時期、ジャズにも熱中しているのですが、これも方向性としては同じでした。一九六一年一月十三日付の『読売新聞』夕刊に掲載された「ジャズと現代芸術」というコラムでは、次のように書いています。

ジャズ、特にモダン派のジャズ・プレーの中には現代人の生活の内で通常不可能とされているものが存在し発見されうる。「自由」「生命感」「個性」、別な言葉で言いかえればすべて様式からの解放、おのれのメッセージの完全な伝達、おのれの方法へのおのれ自身の完全な一致。それらはすべて現代人の生活の内ではすでに失われているものだ。

ジャズの調べや即興性の中に、カーレースやヨットレースと同じ「生きている実感」を見出そうとしています。

しかし、この「生きている実感」「躍動感」も、石原の中では徐々にナショナリズムと接近していきます。彼は香港~マニラ間のヨットレースに参加した経験をサンケイ新聞(一九六二年五月一日付)に書いているのですが、そこにはこうあります。

もっとでっかい、もっと荒々しい、もっと不機嫌で底の知れない、しかしもっともっと素晴らしい海を我々は知らないでいる。戦後この狭い地上に追い上げられ、我々は自らを閉じ込めすぎてきた。閉じ込めたのは民族の気概も一緒にだ。(「凪と太陽の航海① 第一回ホンコン——マニラレースに参加して」)

自分自身だけではなく、民族の気概、誇りも一緒に解き放てと言っています。この感覚が、さらにわかりやすく出ているのが、一九六四年の東京オリンピックのとき、『読売新聞』に寄せた文章です。

世界を覆った大いなる戦さの後、わずかして、この祝典を我が手で成すことの出来た、日本と言う祖国、日本人と言う民族を我々はもう一度、この機会に確認したいと思う。

（「オリンピック断章」）

ナショナリズムの高揚を、驚くほど率直に書いています。

ただ、ここには若干のゆらぎもあります。というのは、ナショナリズムに埋没するなら自分の国の選手だけを応援していればいいということになりますが、それとは別のところで、スポーツそのものに血が沸き立つという面も石原にはある。ですから「民族とか国家とか、狭い関心で目をふさがれ、この祭典でなければ見ることの出来ぬ、外国人対外国人の白眉の一戦を見逃してしまうことも最も愚かしいことと思う」とも言うわけです。

ともあれ、スポーツや音楽を通じた「生命の躍動」に、文学では得られなかった「生きている実感」を見出していた石原ですが、年齢を重ねるとともに、そこにも陰りが見られてきます。三十代に入ったころから、ちょっとしたことで怪我をしたりと、「自分の身体を自分でコントロールできない」という現実に直面するようになるのです。

石原はこれを「自分の肉体の裏切り」と呼び、焦りや絶望感を抱き始めます。どうすればこの衰えに勝てるのか、「肉体の裏切り」を超克できるのかともがくようになる。新興宗教の教祖らを取材した「巷《ちまた》の神々」と題するルポを『サンケイ新聞』に連載（一九六五年十一月〜六六年十二月、のちに単行本化）するなど、宗教の問題にも接近していったことなども、彼の不安と焦燥を示しているように思います。衰えていくばかりの肉体を実感しながらの、「どうすればいいんだ」という叫びが聞こえてくるかのようです。

III

ベトナム戦争と政界進出

知覧訪問と「挫折の虚妄を排す」

『挑戦』で酷評を受けて挫折し、肉体の衰えという現実にも直面して、迷走を続けていた石原慎太郎。彼にとっての次の転換点は、おそらくは一九六六年にやってきました。それがよく表れているのが、この年に出版したエッセイ集『孤独なる戴冠』（河出書房新社）です。

この本自体はそれ以前のほぼ十年間に書いたエッセイをまとめたものなのですが、冒頭に「挫折の虚妄《きょもう》を排す」と題した書き下ろしの原稿が掲載されていました。私は、この内容が石原を考察する上で非常に重要なのではないかと考えています。

彼自身も、その翌年（一九六七年）に書いたエッセイ「作家ノート　虚構と真実」の中で、「挫折の虚妄を排す」についてこう書いています。

ともかくそれ（「挫折の虚妄を排す」を書いた時──引用者）以前と以後とを比べると、私はある自覚を抱き、自分の態度をはっきりと変えたと思う。

私は、人間が国家社会を志し、歴史への作為を志すことが、この現在でもなお、決して滑稽ではない。滑稽であるべきではない。いや、むしろ絶対に必要なのだ。と決めたのだ。（「作家ノート　虚構と真実」『祖国のための白書』集英社、一九六八年）

では、その「挫折の虚妄を排す」とはどんな内容だったのか。なかでも重要だと思うのが、「知覧《ちらん》訪問」についてのくだりです。

鹿児島県の知覧町（現・南九州市）は、よく知られているとおり第二次世界大戦末期に特攻隊の基地が置かれたところです。ここを訪れて「人生が変わった」という人は多いのですが、石原も非常に感銘を受けたようで、後年に特攻隊をテーマにした映画（『俺は、君のためにこそ死ににいく』二〇〇七年）を製作したりしています。

知覧で石原は、かつて陸軍指定の食堂を営み、特攻隊の若者たちの面倒をよく見ていたことから「特攻隊の母」と呼ばれた女性、鳥浜トメを訪ねています。そして、彼女から聞いたというある一人の特攻隊員の話を書き留めています。

Nという名のその特攻隊員は、知覧で奉仕に来ていた一人の少女と出会い、恋に落ちます。特攻隊員だから明日あるかないかの命なのですが、「少女も、その親も、明日死ぬ筈の彼への共感でその愛の交換を望み、祝福した」と石原は書いています。

しかし、結局Nは特攻隊員として飛び立つことはないまま、生きて終戦を迎えます。そして後に少女と結婚するのですが、その結婚は幸福なものではなかった。石原が書いているのは、この彼の絶望についてなのです。

「家庭にはどうしても塞ぐことの出来ぬ間隙《かんげき》が生じ、家人の彼に対する態度はかつてとまるで変ったものになって、Nの家庭での存在は疎外されたものになっていった」と石原は書きます。

つまり、非常に緊迫した状況の中で二人は恋に落ち、少女の両親も共感していた。それが、平和が訪れて平凡な結婚をしたことで、その「物語」は失われ、妻もその両親もどこかよそよそしくなってしまったという。それでその青年は「毎年の正月と盆に、畠になってしまったあの飛行場跡に、あの人だけがやって来て、地面に花束と線香をさして、一日中、一人きりで坐っていました」と鳥浜トメは語るのです。

そのNの姿に、石原は強い共感を示します。

彼にとって出来得ることは、その挫折感を永久に、一人切りで、飛行場跡の畠の上で嚙みしめるよりあるまい。それは忘却するには巨きすぎ、超えようとするには険しすぎる挫折に違いない。

大きな挫折を味わい、虚脱・虚無の中で立ち尽くしている「永久にはぐれてしまった人間」。自分もまた、戦後という荒野の中でそのような存在になっていると石原は感じていたのでしょう。

一方で、Nの挫折感に比べれば、自分たちが現代で味わっているのは「所詮贅沢《ぜいたく》な迷いとしか言いようがない」とも書いています。

我々は一体いつ、我々の行為に生命を賭したことがあったろうか。いつ、自身の全存在を賭けた方法を選んだことがあったろうか。

自分たちは、Nが味わったほどの挫折を味わってはいない。彼のように、すべてを賭けて何かをしたこともない。石原はそう考えるに至り、こう宣言するのです。

我々はこの、疑似挫折の時代を脱却しなくてはならない。

小説への「空回りの感覚」

では、どうすれば「疑似挫折の時代」を脱却し、社会や歴史の主体者として復権できるのか。「挫折の虚妄を排す」の中で、石原は五・一五事件や二・二六事件を起こした青年将校たちについても触れています。彼らは自らの行為が「歴史を波だたせると言う自信だけは強固にあ」り、「それは軍隊と言う最強最大の組織を借りての故にではなく、それがその時代の、歴史と青年の距離であった」。つまり、青年将校らは明確に主体として歴史と交わり、社会の中で生きていた、というのです。

そして、現代の左派運動家たちをその青年将校たちと比して、まったく匹敵しないと言います。活動家たちがやっていることは派閥の抗争に過ぎず、「それを行なうことで、何かが変ると言う確信をおよそ持ち合わせ得ない」。

このころから、石原が左派の運動に対する嫌悪感を強めていたことがわかります。さらに、次のようにも書いています。

今日の進歩政党が、政治的テクノロジイのみに存在意味を見出し、結局は、保守政党の存在証明の具となり、ただのアンチテーゼでしかないように、手応えないそうした行為の反復の内に蓄積されるものは徒労感であり、彼らの聞くものは、歴史の共鳴反響ではなく、耳鳴りに似た、自らの絶叫の虚ろな木霊《こだま》でしかないのだ。

左派運動、「進歩政党」がやっていることは、歴史の中で自己を投げ打って存在するという強い生き方ではなく、絶叫の木霊を聞くことでしかない。自分たちの内側で完結している擬似的な戦いに過ぎず、そんなものでは虚無を乗り越えることはできない、というわけです。

そこから、では文学によって「虚構の挫折」を乗り越えることは可能なのかという自己への問いかけが生まれてきます。そして、こう自問自答するのです。

我々は今在るものの内に、進んで承認し忠誠を誓うだけの価値を見出し得ない。
技術的様式的に発展し尽した現代の文学が描き得るものは、ここまででしかない。私は一人の作家として、文学が描くべきものと言う視点で考える。現代小説は所詮ここまでをしか描けないものなのか。この屈辱と果しない焦燥、自己欺瞞《ぎまん》からの脱出口を、小説は与え得ないのだろうか。

ちなみにこの翌年に発表した、「作家ノート」の中でも石原はこう書いています。

私が今書いているものは、私自身の内なる変貌を決して的確に描いてはいないのだ。書くものが、私自身に追いつけない、私自身が、書くものからずれている、といった焦燥がたえず私をとらえている。

自分自身が文学や小説を紡ぐことに対する手応えのなさ、空回りの感覚を意識していたことがわかります。
「挫折の虚妄を排す」に戻りましょう。その空回りの感覚を抱えた「価値の混乱」「価値の喪失」の中で、「それに代る新しい価値体系、新しい宇宙感覚」を見出すことは可能か、と石原はさらに問いかけます。そして、「私は可能だと思う」と言い切るのです。ただ、これは実は、実感のある価値そのものを手にしたという話ではありません。

何故なら、それは何よりも、人間のために、可能であるべきだから。その不可能を信じた時、我々はこの時間的空間的宇宙に於ける主体者としての人間の尊厳を放棄したことになる筈なのだ。（略）

それを可能と信じ、その可能性への方法の模索を志すことこそが、この現実に於ける、我々が許容しかねている屈辱的な歴史を踏まえての歴史的自覚と言うべきなのだ。

つまりは、可能だと思っていないとやっていられない、人間として生きていけないから「可能だ」ということなのです。

そこから、再び特攻隊の話になります。若くして死んでいった彼らが持ち得た生の実感、価値とは何だったのか。それを、彼らが「愛するものに残した多くの手記」から読み取ろうとするのです。

多くの手記には、その行為を自らの属する国家社会の目的に重なり得ると信じ切った瞬間に生じた、愛なら愛を通して昇華された歴史的自覚の美しさと一種の至福さえが歌われている。

これも非常にわかりにくい文章ですが、要するに、特攻隊で死んでいった若者たちが綴った文章の中には、家族や恋人との愛を貫き通す一方で、それを超越するほどの国家との自覚的な一致があり、美しさと、「至福さ」までが見て取れる。そこに、価値の混乱を超えた、新たな価値を戦後世界で生み出すためのヒントがあるのではないか、というのです。つまり、「無恥と無倫理」といわれた「太陽族」を生み出した作家が、挫折の末につかもうとした最大の価値は、特攻隊で死んでいった人々の「生の実感」だったということです。戦後の虚無や絶望の末に、まさに「戦前」的な価値にたどりついたわけで、戦前・戦中の絶望を経験していないからこそ、そこに寄りどころを求めようとする逆説的なあり方が表れています。

これは、戦中派にとってはそう簡単には受け入れがたい発想です。自分たちが経験してきたあの時代の屈辱や空《むな》しさ、苦しみを簡単にスキップして、一部だけを切り取った「美しい物語」に回帰できるのか。戦前から戦中の様々な歪《ゆが》みを無視して、ロマン主義的な賞揚を行うのか。ここに、石原慎太郎にはじまる戦後派保守と戦中派保守との、戦争をめぐる断絶が起きていることに注目しておきたいと思います。

「日本の若い世代の会」

そして、これはあまり知られていないことですが、石原は『挫折の虚妄を排す』を著した一九六六年に、「日本の若い世代の会」という政治結社のような団体を立ち上げています。石原が翌年、雑誌『展望』一月号に寄せた「たった今から始めよう」という文章によれば、「我々が討議して決めた日本という祖国のための政策と理念を、実際に、実現しよう」という思いで、同年代の仲間と立ち上げた集団だといいます。

この「日本の若者たち」の中で、石原はこう書いています。

社会に対する、国家民族に対する自分の理念が、社会国家民族の理念たり得る、自らの意志を国家の意志たらしめる、と考えること、信じることが、果して滑稽な妄想だろうか。我々は、挫折と不可能の虚妄に、余りに深く捉われすぎてはいないだろうか。

（略）

我々は本気で志しさえすれば、無理念のままに怖ろしいほどの堕落を極めた党派を超えた既成のすべての政治の状況の間隙に、我々の国家民族の歴史を、かつての青年たちが出来たように、手に触れて抱きしめ、それと交り新しく創り直すことが出来るのではないだろうか。

「かつての青年たち」というのは、戦時中を生きた若者たち、なかでも知覧の特攻隊員たちでしょう。彼らがそうであったように、手づかみで「国家」に触れ、抱きしめることで、そこから新しいものをつくり出していく感覚を自分たちは持ち得るのではないか、と言っているのです。

最後のほうでは、非常に国家主義的な、こんな文章もあります。

この現代では滑稽な自負を抱いた他の若ものたちが、近い将来の数年間に、深い地軸から祖国の歴史を動かしていくだろうことを、私は仲間の一人として、予言し誓ってもいい。

ともかくもまず、自分の属した国家の運命と自分自身が交ろうとする自負を持つことが、今日、我々若い世代に与えられた、使命なのだ、と私は思う。

国家と自分を一体化させ、交わることによって虚無から脱出する。この時期から、石原はそうした確信をもって政治の世界に傾斜していきました。このあと、「若い日本の会」だけではなく、同じような集まりが地方でもいくつも立ち上げられており、そこから地方議会議員も何人か誕生することになります。

その背景には、石原が「小説の限界」ということを、さらに強く知覚していたことがありました。前出の「作家ノート」にも、それをうかがわせる文章があります。

今自分で、国家を志し、歴史への直接作為を志し、それを可能と信じ直しながら、それを小説という手段でマニフェストしようとする時、虚構でありながら小説が要求するリアリティが、小説の中では私に躊躇《ちゅうちょ》させ、ブレイキをかける。

私がリアリティをもって描き出したいのは、現在の私と同じ自覚を持ち、私の願う自信を持った、現実にそれを可能とした、その目的を賭けた行為が、失敗とか、死とかによって粉飾されることのない、完璧に可能な人間をなのだが。

歴史と直接交わるような、そんな実感を持った人間を描き出したい。ただ、小説の中でそれをやろうとすると、どうしても自分でブレーキをかけてしまうので表現しきれない、と言っています。それでも「当面まず、私は作家として書くよりない」のだけれど、書けば書くほど焦りが募るのだ、と言います。

ここでまた『挑戦』の話が出てきます。「これしかない」と思って書き上げたあの小説が、「メロドラマ」と揶揄《やゆ》されてしまった。それはつまり、戦後の日本においては、世界で現実として起きていることが、どこまでも「虚構的」にしか受け止められず、消費されていくからだ、と石原は考えます。現実に起こっていることであるのに、そのリアリティを自分たちは十全に感じることができず、ただそういうことがあったという皮相的な理解で終わってしまう、というのです。

ニュースでどれほど悲惨な事件が報道されていても、それが自分の生に関係する問題として迫ってくることはなく、どこか虚構のように次々に消費されて過ぎ去っていく。現実なのに現実感がない。現実そのものが、指の間から零《こぼ》れ落ちてしまう。そういう「つかみどころのなさ」に、石原はずっと苛立ちを覚えていました。

さらに、敗戦を経て、日本では「国家」もまた、同じように手触りのないものになってしまった、と石原は言います。

国家の復興が皮相の外面でととのえられていくに反比例し、人間がその文明の主体者では決して無い。と、いう虚妄は濃くなっていった。

そうしてすべてが虚構化していく、永遠に虚構のループが続いていくような現実の中で、では「虚構を紡《つむ》ぐ」仕事であるはずの作家は何をすべきなのか。着地点は国家だ、と思って書いた小説もまた「メロドラマのような薄っぺらな虚構」と酷評されてしまった。どこまでも虚構から逃れることができない。虚構が現実以上の現実を描くという小説の構造も起動しない。ここからどうすればいいのか——。強い疎外感と挫折感を抱えた石原は、それでもなお「書く」と言い続けます。

私は人間として復権するために、自分の小説の中で、一人の復権可能な人間を十全のリアリティをもって描きたい。

しかしこの文章は、「それは、あるいはひどく野暮な試みに終るかも知れないが」と続きます。リアリティのある人間を描きたい、と熱望しながらも、そこには限界があることを石原はすでに感じているのです。

そこから、直接「国家」を手づかみにする――政治家になるという方向に、いよいよ彼は向かっていきます。IIでも触れたように、石原本人はのちに、ベトナムに行ったことですべてが急転したと語っているのですが、そうではなく、その前の数年間に徐々に積み上げたものがあったはずです。むしろ、ベトナム訪問以前にすでに弾は込められていて、あとはいつ引き金を引くかだったのではないか。その「引き金」になったのがベトナム戦争だったというべきではないかと思います。

「亡国」への焦燥感――ベトナムを訪れて

石原が戦火のベトナムを訪れたのは、一九六六年十一月から翌年の一月まで。米軍が北ベトナムの首都ハノイを何度も空爆するなど、猛攻撃を続けていた時期です。そして、帰国後すぐに書いたルポが『週刊読売』に三回にわたって掲載されました。ここに、ベトナム戦争を目の当たりにしての石原の思いが非常に率直に書かれています。

わずか二十日間の取材で、私にはベトナム戦争論を展開する勇気はない。ただ、わずかな体験を通じて私がつかんだ最も大きなものは「亡国」ということがどのようなものかということを、はじめて目で見、知ることができたことだ。（略）国が滅びる、ということがどれほどきびしく、切なく、恥に満ち、苦しく、情けないか、ということも、私はしみじみ感じることができた。（「ベトナム現地ルポ　亡国の恐ろしさ」『週刊読売』一九六七年一月二十日号）

キーワードは「亡国」です。国家と一体化することで、挫折や虚無を乗り越えた実感をつかもうとしていた石原ですが、ベトナムではその国家そのものが雲散霧消しようとしている。では、そのベトナムの民は、実存の根拠として何をつかめばいいのか。そういう問題に突き当たったわけです。

そこから彼は、自分の祖国たる日本もまた、同じように「亡国」という未来を迎えるのではないか、という強い焦りを抱きます。

現状を比べてみれば、あまりにも違いはするが、しかし、私自身が属した日本という祖国、日本人という民族の未来の運命もまた、そうそう易《やす》きにあるとは言い切れないような気がしてならない。

（略）何かのはずみに、われわれの祖国民族もまた、亡国の憂いにさらされることがないと、どうしていえるだろう。

今日の日本の政治と腐敗と無能ぶりは、そのあやうさを証《あか》すものでなくてなんだろうか。

同じ東洋に、同じアメリカという大国と切っても切れぬ鎖にしばられてひきずられていく、ベトナムという小国の運命を目にしながら、私には、戦争反対、平和絶対という昨今大流行《はや》りのお題目とは別に、浮わついて他人《ひと》さまのためではなく、何よりもまず自分自身が籍を置いた、日本という祖国、日本人という民族の将来に、けっしてないとはいえぬ運命のワナの恐ろしさを思わぬわけにいかなかった。

石原は、ベトナムを訪れはしたけれど、空爆されて破壊された街や殺されていく人々の姿といった、むごたらしい光景にはほとんど出会っていません。だからこそ「戦争反対」ではなく、国を失った人間はどうやって生きていけばいいのか、本当の虚構の中に投げ捨てられるのではないか、という不安のほうを強く抱いたわけです。自分が「これだ」とつかもうとした「国家」。それを失いつつあるベトナム。その姿を目にしたときに、同じ状況が自分たちにも迫ってくるかもしれないという強い危機感が現れてきたのだと思います。アメリカという大国に翻弄《ほんろう》されている、アメリカによってすべてが決定されていくという点においては、日本もベトナムも変わらない。日本にも、「亡国」というものがもうすぐやってくるのではないのか――。ベトナムを訪れた石原の衝撃と焦燥感が、このルポには非常によく表れていると思います。

入院生活と『若き獅子たちの伝説』

そして、ベトナムから帰国して間もなく、石原は病に倒れます。戦場で感染した肝炎でした。あれほど「健康」に価値を見出し、強い肉体を賛美していた彼が、二ヵ月ほど入院せざるを得ず、「身体の自由がきかない」という状況にいよいよ直面することになった。健康さえもが、もはや虚構に過ぎない、と感じたことでしょう。

「作家ノート」には、このときのことも書かれています。ここ二、三年、折に触れて肉体が「自分を裏切る」ことに慌て、その克服に努めてはきたものの、二ヵ月間の入院で、やはり「無理なものは無理」と感じた。「肉体の自然な衰微《すいび》」というものがあり、「死」についても考えざるを得ない、というのです。

健康である、若いというだけでは価値がない。そう思い知らされた石原はこう書いています。

その状況の中で、私は急いで今までに代る「私」の形、私の在り方を捜さなくてはならないのではないかというわけだ。

小説に対する限界を感じたときと同じことを、ここでも感じています。

さらに、病気で絶対安静の身でありながら連載の締切《しめきり》に追われていたことも、石原のむなしさに拍車をかけました。ベッドに座って身を起こし、膝の上に原稿用紙を置いて書き続けていたようです。

回顧録『歴史の十字路に立って』の中で、石原はこのときの思いをこう吐露《とろ》しています。

いずれもただの娯楽小説で、書きながら生まれて初めての大病なのにそれでもこうして今も命をひさいでる自分が心配というより、突然虚しくなり、いたたまれなくなったものだった。

〝俺の人生はこんな苦労のためにあるはずじゃないんだ。書くにしても、もっとやり甲斐のある仕事だけをしなくちゃなるまいに〟

と何度も思った。

そんなときに、先輩の三島由紀夫から手紙が届きます。そこには、「一旦病を得たなら敢えてこれをせっかくの好機ととらえて達観し、ゆっくり天下を考えたらいい」という内容のことが書かれていました。三島も、代表作の一つである『潮騒《しおさい》』の取材のときに大病をしており、その経験を踏まえたアドバイスだったようです。

それを読んだ石原は「そうか、それでいいのか」と発奮します。

あの心温まる一通の手紙があの時の私の心を平明に啓《ひら》いていってくれたのを今でも覚えている。

そうだ、これこそ無二の機会と悟って、それまで考えなかったことを考えてみようと自分に言い聞かせるように思った。

そうして病院のベッドの上で、存分に思索にふける時間を持った石原は、徐々に「政治家になる」ことへの思いを強めていきました。その後、病状が回復し、徐々に平常の生活に戻ったあとも「政治の選択は頭から離れぬようになってきた」と書いています。

そして石原は、劇団四季の公演『若き獅子たちの伝説』の脚本を執筆することになります。四季の創立者の浅利慶太と友人だったこともあって持ちかけられた話でしたが、これが彼にとって、政治の道を選ぶ決定打ともなりました。

この脚本は、大久保利通と西郷隆盛の物語です。日本の未来を、さらには世界を動かしていこうとする若者たちの躍動を描いているうちに、石原自身がそのダイナミズムに飲み込まれていく。歴史の当事者である彼らの姿を描きながら、石原は再び「これだ」と思い、政治への意志を決定的に固めるのです。『歴史の十字路に立って』にこうあります。

折から「劇団四季」のための新しい脚本『若き獅子たちの伝説』を書き始めていて、大久保利通と西郷隆盛の角逐《かくちく》に大久保の庶子が絡む政治劇は、書きながら一層書き手の私を刺激してくれて、遂に私は政治に参加する決心をしていた。

長いプロセスをたどって、ここでついに心が決まった。やはり、『挑戦』以来小説でも空回りしていること、そして病気をして「肉体」にさえ価値を見いだせなくなったことが大きかったのではないかと思います。

文学の延長上にこそ政治がある

ここまで石原がずっと抱え続けてきた、「何かをつかみたい」という焦燥感は、「戦後」

そのものが持つ焦燥感であったようにも思います。同じ一九六〇年代を生きた、たとえば全共闘運動に参加した人たちも、実は同じような焦燥感を抱いていたのではないでしょうか。戦後の空虚、手応えのなさの中で、生きている実感となる何かをつかみたいという思い。その「何か」が、全共闘の人々にとっては革命であり、石原にとっては国家だったのではないかと思うのです。

革命を起こそうとした人々が「歴史を変えよう」と考えたのと同じように、石原もまた歴史に直接働きかけることができる「政治」へのコミットを選んだ。その心の動きを、「作家ノート」に書かれた文章から読み取ることができます。

　国家の理念と私の理念が重なり、国家の目的と私の目的が重なり合い、その目的を賭けた両者の行為が重なり合う、という幸せこそが、青年の至福に違いない。

石原にとっては、まさに国家と私が重なり合うことがリアルであり、「至福」だと感じられていた。おそらくは彼だけでなく、「戦後派保守」としてナショナリズムを展開した人たちの多くが、同じような思考をたどったのではないでしょうか。つまり、戦後の虚構へのアンチテーゼとして国家主義へと接近し、戦前の日本に対してロマン主義的にコミットする。この逆説こそが、戦後的な新しい愛国のかたちでした。

石原は、政治への参画と前後して、愛国的なロマン主義への傾倒を急速に進めていきました。参議院選挙への出馬表明の直前、一九六七年六月号の『文藝春秋』に寄せた「現代青年への提言」には、こんな文章があります。

我々は本気でやっても見ずに、ただ、誰がいい出したのか知らぬが、現代病ともいうべき挫折と疎外の幻覚にとらわれ、駄目だ駄目だとつぶやくことで自堕落な無為の中に寝そべっているにすぎないのではないだろうか。

この時期はちょうど、全共闘運動が活発化していた頃です。つげ義春《よしはる》の漫画などに象徴されるように、退廃的で鬱屈とした雰囲気に覆われた時代の一方で、現代の消費文明にノーを突きつける「ヒッピー」の若者たちが日本にも現れたりもしていた。そうした、価値観が混乱する時代を生きる青年たちに対して、石原が繰り返したのは「自堕落で無為な世界から脱却せよ」ということでした。

もう少し引用します。

彼の目に歪んで見える、みずからの属する社会を、彼はその志をもって是正し、建て直そうとする。青年にとって、国家社会を建て直し、作り上げることは、みずからの志に発した、極めて私的な実践でしかない。

国家社会を想い、民族について憂うる、ということが、今日ではいかにも口はばったい、小説じみた、いささか滑稽なヒロイズムとしてしか伝わらない。「愛国」や「憂国」という言葉はロマンティックなノスタルジイでしかない。それをしきりに口にするものに返ってくるものは、大方が侮蔑《ぶべつ》でしかない。そして、その侮蔑が現代の知性ということになっているのだ。

だが、考えて見れば、我々は今までに一体、本気で試みたことがあるのだろうか。骨身にしみるほど、努めてみたがどうにもならぬと、孤《ひと》り口惜《くや》し涙にくれたようなことがあるのだろうか。他人からの口うつしの御題目ではなし、自分自身の情念に発した理想について声高く主張したことがあっただろうか。

石原がここで言っているのは、「愛国」や「憂国」を追求することこそ、リアリティを取り戻すことにつながるのだ、ということです。そして、それが小説じみたヒロイズムとしてしか捉えられないならば、本気で「愛国」「憂国」を貫く行為こそが小説家の使命である、とも言っている。もはや、彼の考える小説家の使命は「小説を書く」ことではなくなっているのです。

本当の「愛国」や「憂国」をつかんで生の実感を伝えることが文学者としての使命である。であれば、これほどまでに現実が虚構化する現代においては、文学者こそが政治に参入しなくてはならない。そういう反転した命題がここに生まれているのです。この問題を徹底的に考え抜いた自分が、政治をやることが大事なんだ、と考えるわけです。

つまり、文学の延長上にこそ政治があり、政治こそが最終的・究極的な文学であるというのが、石原のたどり着いた感覚だった。小説以上の小説、真の文学としての政治がある、という考え方です。

だから彼は政治家になったあと、「文学に行き詰まったから政治に行ったんだろう」と言われると非常に怒ったそうです。「違う、俺は文学者だからこそ政治家になったんだ」と言い張ったという。それは彼の中では事実だったのだろうし、実際、政治家になったのちも石原は文学作品を書き続けています。彼にとっては、文学と政治はまさに一体のものだったのだと思います。

「真の革新」のために自民党へ

そして石原は、いよいよ政治の舞台に立つため、具体的な行動に出ます。親交のあった八幡製鐵《やはたせいてつ》副社長の藤井丙午《へいご》に紹介を頼み、当時の内閣総理大臣・佐藤栄作との面談に臨むのです。

「選挙に出たい」という石原の申し出を、佐藤ら自民党幹部や、石原と親しかった中曽根康弘は受け入れました。当時の参議院議員選挙で採用していた全国区制なら、知名度のある石原が出れば票が望めたからです。

一九六七年十一月号の『文藝春秋』に掲載された、参議院議員選挙への立候補表明の文章「雪崩《なだれ》のための一つの石」にはこう書かれています。

私は自分で政治に参加する決心を決めた。来年六月に行なわれる参議院選挙に全国区候補として出る。想像力も創造力も欠いて頽廃《たいはい》し切った自民党からあえて出る。

自民党を選んだのは、他の政党と比べて「真の革新の可能性をよりいくばくか認めた」からであって、自民党のためでもなければ、いろいろと取りざたされている「何某の派閥のため」でもない、とも書いています。「何某」というのはおそらく、中曽根のことでしょう。そういうもののためではなく、「私自身の胸の内にある私の祖国の明日のためでしかない」と言うのです。

こんなことも言っています。

現今の日本では、いわゆる保守も革新も、ともに頑迷愚鈍な保守でしかない。しかしまだ、政権を担当している「保守」の方に、いくばくの責任感と政治感覚のリアリティはあると言えようが。

保守も革新も、自分たちのイデオロギーにしがみついていてどうしようもない、しかしまだ、与党である自民党のほうが「政治を具体的に動かしている」というリアリズムに直結している点において評価できる。なので自分は自民党から出ると決めた、というのです。

革新勢力はひたすらイデオロギーに固執していて、反対のための反対ばかり言っている、あいつらこそ保守だ、反動だ、という感覚でしょう。そうではなく、実際に行動して世界を変えることこそが本当の革新である。それをやりとげることによって、自分はかつての「昭和クーデターの青年将校」や「特攻隊の若者たち」のように、主体となって歴史と交わることができる、というわけです。

ちなみに、興味深いのは石原が同じ文章中で、テレビのインタビューで将来のことを問われ、「でっかい城を作るんだ」と答えていた「フーテン族」の若者に対して、共感を示していることです。「フーテン族」とは、当時新宿などにたむろしていた、定職に就かずふらふらしている若者たちのこと。先ほど触れた「ヒッピー」と同一視されることもありますが、いずれにせよ上の世代からは「どうしようもない奴ら」と見られていた存在です。

その彼らに、なぜ石原が共感を示したかといえば、「価値の浮遊」「足場が見つからない」という点が自分と共通すると考えたからだと思います。

彼らが夢見るでっかいお城が、どうして、でっかい祖国であってはならないのだろうか。いや、彼が無意識に願い、夢みていることこそ、この国を誰よりも自分自身のためにでっかいお城にすることに違いあるまい。

石原は新興宗教を扱った『巷の神々』を書くなど、スピリチュアルな世界や宗教にもともと関心が強かった。それだけに、「宇宙との一体化」などを語るヒッピーの世界観に共振する部分があったのだと思います。ただ、その世界観を実現するためには国家という媒介が必要だと考えている、そこは自分と彼らとは違う、という感覚を持っていたことがうかがえます。

出馬に向けての思い

もう少し、出馬を決めた前後の石原の書いたものを追っていきましょう。

先に取り上げた表明文「雪崩のための一つの石」では、自分と同じ「若い世代」に「一緒に青年の国を創ろう」と繰り返し語りかけています。

日本という祖国は羅針盤を欠き、海図を読むことの出来ぬ船頭たちによって操られているのだ。彼らにはもはやこの歴史の転換期に真の革新を行ない、未来に備える国づくりを行なう能力も資格もない。

彼らに向ってそう宣言し、それに代るべきものは我々若い世代でしかないのだ、まず、そう悟ることこそが現代における青年の歴史的自覚に他ならない。


最後は、こんなふうな呼びかけで締めくくられます。


我々の手で青年の国をつくろう。

青年の歴史をつくり出そう。

そのために、君の力をかしてくれ。


また、この少し前、一九六七年十月号の雑誌『展望』に掲載された「鳥目の日本人――日本人の思考における病疾」と題する文章では、表明文の中にもあった革新勢力への批判をさらに激しく展開しています。革新勢力こそ、古びたイデオロギー的社会理念に固執する反動勢力なのだ、というわけですね。

さらにこうも言っています。

日本のいわゆる革新が頑《かたく》なに押しすすめようとしている、本質的な保守主義は、文明や歴史の必然を頑迷非科学的に認めず、それへの順応を拒否し、次元がずれた一人勝手な旧弊さの中で、我々のかけがえない真の財産である想像力を腐蝕《ふしょく》させてしまうことでしかない。

革新といいながら、彼らは自民党に対するアンチテーゼばかりで、何も変えようとしない「現状維持」に過ぎない。そういうものはどんどん腐食していく。だから自分は自民党に行って権力をつかみ、歴史の当事者として世界を動かすのだ、というわけです。

選挙に出た年、一九六八年に出版されたエッセイ集『祖国のための白書』のために書き下ろされた「嫌悪——現代の情念」では、出馬に至る心の動きを率直に書いています。

今日の文学者に与えられた使命は、「嫌悪」に発する精神的に凶悪的な犯行でなくして何であろうか。

(略) 文学者と呼ばれる人間が、人間としてみずからに必要だと信じて選び、他の方法をとることは人間として自由であるし、あるべきことがらに違いない。

みずからの肉体の衰微がきっかけとなり、私に「嫌悪」を今自分が生きている時代の情操として教えたことを更に契機に、私は文学での執筆活動とは別に、直接政治に参加する決心をした。

私の政治参加の決心は、政治的である前に、私的な、私自身の存在にかかわる問題であって、詮ずるところ、私の嫌悪の直截《ちょくせつ》な表現に他ならない。

文学者であるがゆえに、自分は政治に参加するんだと言っている。ここまでの石原の歩みを追ってくると、彼がこう書いている意味がよくわかるでしょう。

参院選当選――華やかな「ヒーロー」として

そして一九六八年七月の参議院議員選挙、自民党の全国区候補として立った石原は、史上最高の三百一万票を得て当選します。そこだけを見れば、時代の風を受けた、華やかな「ヒーロー」でしょう。しかし、ここまで見てきたように、世の中が見ていたそういう「石原慎太郎」像と、彼の内面とにはかなりのズレがあったと言えると思います。

ずっと時代の最前線を走ってきたからこそ、石原は「足掛り」のなさや「実存」をつかめないという焦燥感を常に感じ続けてきました。高級車に乗っても満たされない、スポーツや冒険に価値を求めても、結局は肉体に裏切られてしまう。小説でも、求めるものは得られない。幾度もの挫折の末に、彼がたどり着いたのはナショナリズム。それも、戦争体験が希薄であるがゆえに、戦中のあり方を賞揚するような再帰的なあり方です。この意味で、石原は極めて戦後的な人物です。この新しさこそ、戦争に対して体験を通した嫌悪感を持っていた戦中派保守との断絶でした。

そのほぼ一年半後、江藤淳も、「「ごっこ」の世界が終ったとき」（『諸君！』一九七〇年一月号）という文章を書いて、戦後の新たなナショナリズムを提示しようとしていました。盟友である二人は、期せずしてまたしても同じような歩みを重ねていたわけですが、それについては次章で触れたいと想います。

IV

『「NO」と言える日本』とその後

三百万票の意味

石原慎太郎が参議院選に出馬し、史上最高票で当選した一九六八年は、東京で革新の美《み》濃部《のべ》亮吉《りょうきち》都知事が誕生した翌年で、自民党幹部らが、「このままでは自民党の時代が終わる」という危機意識を強く抱いていた時期でした。

かつての自民党は、国政政党であると同時に地方政党として、農協や業界団体の支援を受けて票を集めてきました。それが、都市にどんどん人が流入してきたことで浮動票が増え、以前のような集票が望めなくなり、美濃部都政の誕生に至ってしまった。

そこで都市住民へのケアが必要だというので、都市の中間層への社会福祉政策などを手厚くすると同時に、都市住民からの票を集められそうな著名人を候補者にするという手段が取られました。そのシンボル的存在、自民党の起死回生の「カード」となったのが石原でした。存続の危機を抱えた自民党と、世界をつかむ手応えを求めていた石原、双方の利害が一致したのです。

そして実際に、全共闘運動のまっただ中にもかかわらず、石原慎太郎には三百一万もの票が集まりました。

石原自身はこの当選について、直後の『文藝春秋』（一九六八年九月号）に「三百万票の意味を考える」という文章を寄せています。

ここで彼は、自分がつかもうとしているのは、戦後ずっと抑圧され、埋もれてきた「国家民族の根」というものであり、その「根」が発露したのが三百万票という結果だったのだ、と書いていています。若者たち、青年たちの中でずっと眠っていた「根」が、この虚無を打破するべく表に出てきたのだ、というのです。

戦後二十数年間ステロタイプの官僚主義と、見せかけのえせ進歩主義が抑圧してきた、本ものの改革、革新、本ものの進歩、本ものの国家的民族的冒険への願望と夢が、抑圧され凝縮しきって反撥力を増し、それを金縛りに押し包んでいた既成の「規格の枠」に亀裂を生じさせ、その内側からほとばしり出したのだ。

ずっと抑圧されていたものが外へ向かってほとばしり出てきた。これによって本物の改革がなされ、見せかけだけの進歩主義が打破される、というわけです。さらに、こう続けます。

まがいもなく雪崩の地すべりは動き出してい、地下なる河の氾濫は来りつつある。その根底には、氾濫と雪崩を待望する漠たる不満と不安に包まれた大衆がある。

ここで「大衆」が出てきます。大衆はずっと不満や不安を抱きながら、それを解消してくれる「氾濫と雪崩」を待望していた。その氾濫と雪崩が起こるきっかけをつくったのが自分たちである。

では、その「大衆」の望みを実現するために、政治は何をすべきなのか。石原は何よりも「現体制の革新」だと言います。

それを仮りに保守と呼ぶのならば、保守派、保守のために行なう現体制、現秩序の中での適確な革新によらなければ成り立たない。

今の日本という体制を維持しながら、しかしすべて現状のままでよしとするのではない。中を大きく改造する力が必要である。体制という面から見ると自分は保守だが、体制内改革ということであれば革新である、というわけです。

今の自民党は無為になってしまっていて、体制内革新を行えていない。それをひっくり返すためのある種の劇薬が自分だ、と彼は言います。戦闘的な言説でもって大衆とつながり、そして氾濫してきたエナジーを体制内革新に向けていく。それが石原の考えでした。

そのためには、体制内の革新の実行に向けての討論を通じた「創価学会のような折伏《しゃくふく》」が必要だとも書かれています。強い力をもって国民を一気に束ね、動員し、そして組織を変革して新しいエネルギーを生み出していく。その先に石原が目指したのは「ロマンティックな日本」でした。

新しいながら古さびたロマンティックな「日本」のイメイジが浮きあがってこようとしている。そしてそのイメイジこそが正当の「日本」であり「日本人」であって、そのイメイジの持主たちが、明治百年の延長の上に、この国家社会、この民族を相続していくのだ。私はその相続の正当性をあらためて強く主張する。

自分自身を賭けることのできる、「実存」を与えてくれる国家としての日本——かつてあった「ロマンティックな日本」を再びよみがえらせ、受け継いでいこう。当選まもない石原は、そう呼びかけているのです。

一方で、当選一回目の新人議員としては、当然のことながら自民党のベテラン議員たちとも付き合わなくてはなりません。それに対しては、すぐに強い苛立ちを覚えていたようです。『三田文学』に掲載された、評論家の秋山駿《しゅん》によるインタビュー「私の文学を語る」(一九六八年七月号)では、体制側にいることの意義と、それ自体に対してもつ嫌悪感を率直に語っています。

たとえば、自民党大会に出たときのことをこう話します。

非常に背筋が寒くなった。久しぶりに他人の演説を罵倒したい、壇上にいる人間を刺し殺したいような凶悪な犯意というものをもったですね。

続いて「自民党におけるテロリストになりたい」と言いつつも、「僕はほんとうに体制論を信じています」とも語ります。日本という枠組みは、体制がしっかりしていないと成り立たない。しかし、その体制が今はろくでもないことになっているので、自分は「テロリスト」として古い体質を蹴散らし、内部から新しい改造をやるんだ、というのですね。

この「テロリスト」の話をするときに、石原は三年前の一九六五年に十八歳の少年が東京・渋谷で起こした「ライフル乱射事件」を持ち出しています。凶悪で非道徳な犯罪に対して、大衆が共有している嫌悪感、つまり「下意識の共感」というものがある。そうした大衆の、エートスともいうべき感情とつながりながら、自民党を内部から改造して、体制を強化していく。それが、この当時の石原の考えでした。

「成熟」の問題——江藤淳の忠告

ここで、ちょっと面白い批判をしているのが江藤淳です。石原が国会議員になってまもなく、一九六八年十月の『季刊芸術』七号に二人の対談「人間・表現・政治」が掲載されているのですが、そこで江藤が石原に対してある忠告をするのです。

きみには作家として解決すべき問題があった。……作家というか、むしろ人間としてこんどの出馬を決心するまでに解決すべきことがあった。それは青年でなくなりつつある自分をどうするのかという問題だ。

石原はデビュー以来、ずっと「青年」という看板を背負い、「健康」や「明るさ」、「太陽」のイメージを掲げてきました。しかし、その石原もすでに三十代半ば、年齢的には「青年」ではなくなろうとしている。政治の世界ではまだまだ「青年」の顔ができるけれど、小説家のままだったらそんなことは言っていられなかっただろう。そのギャップをきちんと冷静に受け止めているのか、という問いかけです。

江藤は、こんなことも言っています。

きみがこんどの選挙で三百万票とったために、すっぽ抜けてしまった問題があると思う。〝成熟〟という問題だ。それに君は復讐されないようにしろよ。

政治の世界だから、まだ「青年」だと言っても通用して、しかも多くの票を集めることができたけれども、本当は自分たちの世代は、「成熟」という問題を考えなければならない段階に来ている。それを石原は選挙に出ることによってすっ飛ばしてしまった。そのことと向き合わないまま行くことが、いずれ彼の人生に大きな問題をもたらすかもしれない。「永遠の青年」ではいられないのだから、「復讐」されないようにしろよ、というわけです。

非常に的確な批判だと思います。IIで触れましたが、この前年に『成熟と喪失』を書いて、「成熟」や「治者」について考え続けていた江藤だからこそ出てきた言葉でしょう。

その江藤の問いかけに対して、石原は以前に大平正芳《まさよし》に言われたという台詞を持ち出します。自民党に入って、旧世代的なものを内から壊して、刺殺してやりたいとさえ粋がっていた石原に対して、大平が言ったという言葉です。

「石原さん、人間というのはいくら焦ってもそう簡単にものごとを進めはしませんよ。だから、政治にはいられても、まあ、あそこに事務所を別に一つ設けたくらいのつもりで、あまり中のことにキリキリしないで、外で好きなことをやっていたほうがあなたの政治行動としても有益だ」

「自民党を内から改造してやる」という「青年」のような振る舞いを、いわば諫《いさ》められたわけですね。それを石原は振り返って次のように言います。

ぼくは彼のいおうとしていることがとてもよくわかった。しかし、おれは自分の体質とか性情を知りながら、なかなかそれを是正できないんだ。

これに対して江藤は、「それがきみの大問題」だと返します。そして、石原の問題であるだけでなく、「われわれの世代の問題でもあり、現在の日本の問題でもある」と言うのです。

これは非常に重要な指摘です。ただ、石原が成熟し切れていないというだけの問題ではない。江藤は「現在の日本にはかなり石原慎太郎的なところがある」と言い、こう続けます。

いまの日本の経済界の海外進出を見ていると、非常に石原慎太郎的だと思う。これは爆発的なんだ。ある意味では力強い、しかし、ある意味では臆面もない。

この当時、日本企業のアジア諸国への進出がどんどん進んでいました。しかも、かつての戦争で自分たちが何をやったかを忘れたかのように、現地の人たちを低賃金でこき使い、製品を安く買いたたく、経済帝国主義のようなことをやっている。鶴《つる》見《み》良行《よしゆき》がのちに『バナナと日本人』（岩波新書、一九八二年）で書いたようなその状況を、江藤は次のようにも表現しています。

日本陸軍が満州事変以来やったことを、同じパターンでやっているわけだよ。ぼくは経済関東軍といっているけれど。

この日本という国の臆面のなさ、そしてその「経済帝国主義」を担っているのが自分と同世代の、成熟しないまま「青年」のような顔つきでいる人々だということが、江藤はほとほと嫌になっていた。そして「どうしてこんな国になってしまったのか」と、親友である石原に投げかけるのです。「成熟」についてどう考えるのか、という問いは、日本という国自体の「成熟」をどう考えるかということでもあるのです。

石原や江藤の世代は、明確な戦争経験をもたず、「戦後」の軽薄さ、そして臆面のなさ、そういうものによって前の世代を打破しようとしてきた世代でした。しかし、彼ら自身が中年に差し掛かろうとするとき、逆に江藤はそのことに耐えられなくなった。成熟することなく、何の落ち着きもない、近視眼的な爆発力だけで物事を押し進めようとしている日本。その根っこにあるものはいったい何なのか、ということが、江藤の次の問いになっていきます。

「ごっこ」の世界が終わるとき

もう少し、一九七〇年代の江藤の軌跡を追っていきましょう。IIIの最後で少し触れましたが、一九七〇年一月、江藤は『諸君！』に「「ごっこ」の世界が終ったとき」という文章を掲載します。

ここで江藤は、戦後の日本は何もかもがうわべだけの「ごっこ」に過ぎなかったと指摘しています。学生運動は「革命ごっこ」、自衛隊は「自主防衛ごっこ」。三島由紀夫が立ち上げた「楯の会」の軍事訓練に至っては、「「ごっこ」のなかでさらに「ごっこ」に憂身《うきみ》をやつしているようなもの」と言い放つのです。

なぜそうなってしまったのか。その理由は「アメリカ」だといいます。

端的にいえば、自衛隊をたどって行くと米軍の極東戦略にぶつかり米国の核の傘に出逢うように、われわれの意識と現実のあいだにはつねに「米国」というものが介在している。「米国」が現実をへだてるクッションとして現存しているために、戦争も歴史も、およそ他者との葛藤のなかで味わわれるべき真の経験は不在であり、逆にいえば平和の充実感も歴史に対立すべき個人も不在である。

戦後の日本は、アメリカにすべてを依存し、自己決定を放棄してきた。何をやるにも、すべてアメリカが間に入っているので、決定するという行為もそれに伴う葛藤も、何も日本人は経験せず、アメリカの手の上で「ごっこ」をやり続けている。それで成熟できるわけがない、と言います。

しかし、そのアメリカとの関係性から、ようやく離脱する時期が来ているというのが江藤の指摘でした。この文章が書かれた時点から二年後には沖縄返還が実現することになります。沖縄返還が現実味を帯び、間近に迫っている。返還が実現すれば、アメリカの直接的な支配が終わる。沖縄の米軍基地もそのままの状態ではあり得ないだろうし、日米安保条約の発展的解消を模索せざるを得ないだろう、と考えたのです。

それが「「ごっこ」の世界が終ったとき」だと江藤は言うのです。日本という国がようやく成熟し、アメリカの庇護を抜けて自ら治者になるという宣言です。そして、アメリカとの経済的なつながりは今後も深まるだろうけれど、軍事的な支配関係は終わりになり、新たに対等な同盟関係がつくられていく。そうなれば、「そのときはじめて「戦後」はほとんど終るであろう」。これが江藤にとっては、戦後派として出てきた自分自身をも次の段階に昇華させる「成熟」のときとなるはずだったのでしょう。

しかし、実際には沖縄返還後も、江藤のいう「ごっこ」は終わりませんでした。むしろ、日本はよりアメリカへの依存を強めていくことになる。そのことに衝撃を受けた江藤は、アメリカに渡って占領政策についての研究を始めます。日本人がどうして自主的に、これほどまでにアメリカに追随し服従するのか。そこを明かさなければ、日本は「ごっこ」から抜け出せないと考えたからです。

研究を重ねるなかで、江藤が着目したのは「検閲」でした。占領政策下の検閲によって、いつしか日本人は、常にアメリカの顔色をうかがいながら言葉を発するようになってしまった。そうして「言葉」を奪われた。さらに憲法によってアメリカが日本をコントロールする枠組みを与えられたことが、今の状況につながっている。江藤は、そんなふうに考えるようになっていきます。

「アメリカの日本占領についての研究なんて歴史学者に任せておけばいい、文学者との仕事をすべきだ」と助言する人もいましたが、江藤はこれに強く反論しています。自分は、文学の世界から離れて歴史研究をしているのではない。日本人としての主体性を取り戻さない限り、文学自体が成立しない。自分がやっているのは、日本人が本当の「言葉」を取り戻すことであり、死者たちとのつながりを取り戻すことだ。だから、その作業は文学そのものなのだ——。それが、一九七〇年代ごろの江藤の認識でした。

自民党右派へ——「青嵐会」の立ち上げ

一方、その同じ七〇年代を、石原もまたもがきながら歩んでいました。一九七三年には、中川一郎や渡辺美智雄《みちお》、浜田幸一や森喜朗《よしろう》らと「青嵐会《せいらんかい》」と名付けた超派閥の政策集団を立ち上げ、自民党右派の一員になっていきます。ちなみに、ここに参加していた政治家の一定数がのちに、今の安倍晋三首相を支える派閥「清和政策研究会」につながる流れをつくっていくことになります。

青嵐会といえば、結成時に血判状を作ったことが有名ですが、これを言い出したのが石原です。渡辺恒雄が「「青嵐会」を論ず」という文章を翌年七月号の『文藝春秋』に書いていますが、血判状のことを「石原慎太郎君の政治的ロマンチシズム」と評していました。石原自身が復活させたいロマンのようなものを、血判状のような形で表そうとしたのだ、という内容で、非常に的確だと思います。

さて、青嵐会が生まれたきっかけは、当時の田中角栄内閣の政治への批判でした。石原はこの四十余年後の二〇一六年に、田中の生涯を追った『天才』（幻冬舎）という本を出版しますが、この当時は批判の急先鋒だったわけです。田中政治が官僚への依存を強めていることへの批判、そして日中国交回復への批判と対台湾関係重視——それが青嵐会の基本となっていました。

渡辺美智雄が書いた「設立趣意書」には、六つの項目が挙げられています。

1 自由社会を護り、外交は、自由主義国家群との緊密なる連携を堅持する。

「自由主義国家群」とは、具体的には韓国、台湾、アメリカ。当時、自民党ハト派のグループである「アジア・アフリカ問題研究会」が親中路線、北朝鮮との関係改善を目指していたので、それと対立する意味もあっての「韓国・台湾」との連携でした。また、青嵐会のメンバーは、当時の韓国の軍事政権ともかなり密接な関係を作っていきます。

2　国家道義の高揚をはかるため、物質万能の風潮を改め、教育の正常化を断行する。

後年の「新しい歴史教科書」や、最近の道徳教科化などにつながってきそうな項目です。

3　勤労を尊び、恵れぬ人々をいたわり、新しい社会正義確立のために、富の偏在を是正し、不労所得を排除する。

青嵐会のメンバーには、中川や渡辺など、貧しい出自の政治家も少なくありませんでした。それもあって、たたき上げのはずの田中が結局はブルジョアになり、軽井沢に豪華な別荘を所有していると報じられたりしていたことを、ナショナリズムとも結びつけながら強く批判していました。

4 平和国家建設のため、国民に国防と治安の必要性を訴え、この問題と積極的に取り組む。

5 新しい歴史に於ける日本民族の真の自由・安全・繁栄を期するため、自主独立の憲法を制定する。

このあたりは、自主憲法の制定と自主防衛論ですね。そして最後は、まさに田中政治批判です。

6 党の運営は、安易な妥協・官僚化・日和見《ひよりみ》化など、旧来の弊習《へいしゅう》を打破する。

『「NO」と言える日本』とバブル経済

さて、この青嵐会の中核メンバーになった石原は、右派政治家としての立場を確立していきます。しかし、このあとに政治家としてのめぼしい実績があるかというと、実はほとんどないと言っていいでしょう。

一九七五年に自民党の推薦で都知事選に出馬しますが、美濃部亮吉知事の三選を阻めず敗北。翌年に衆議院議員選挙で当選して国政に復帰し、環境庁長官を務めますが、水俣病患者の直訴文に対して「これを書いたのはＩＱが低い人たちでしょう」「補償金が目当ての偽患者もいる」などと発言し、土下座しての謝罪に追い込まれます。強いて実績をと言えるものを挙げるなら、一九八七年からの竹下登内閣で運輸大臣になったとき、成田空港行きの直通電車を走らせたことでしょうか。

そこで出てくるのが、一九八九年に出版されてベストセラーとなった『「ＮＯ《ノー》」と言える日本——新日米関係の方策《カード》』（光文社）です。この本はソニー会長・盛田昭夫との共著で、石原と盛田のエッセイが交互に収められているのですが、石原の原稿には、「対米独立」を説いた江藤と共通する考え方がはっきりと見えます。

彼がここで言っているのは、技術大国たる日本なしに世界はもう回らない、ということ。彼が政治家として実績を上げられないでいる間に、日本はどんどん技術大国になっていきますが、それをバックにして、アメリカに立ち向かうためにナショナリズムを鼓舞しようとした本と言えます。

なかでも繰り返し出てくるのが、半導体事業についてです。日本の半導体がなければ、世界の軍事産業は成り立たない。要するに、アメリカもソ連も防衛自体を成り立たせることができなくなる。そのようにして世界をハンドリングできる「すごい技術大国」に日本はなった。あとは政治家が日本の技術を外交カードとして巧みに使うことができるかどうか。つまりは、政治の問題なのだ、と言うのです。

石原は、アメリカが人種偏見をぬぐい去れていないことについても批判しています。有色人種の国である日本が、大国としてアメリカに取って代わるところまで来ていることが、アメリカの人種偏見を刺激しているのだ、と主張する。そして、こう続けます。

ノーと言うべきときに、はっきりノーと言わなくては軽く見られるし、なおかつ彼らの人種偏見を助長することにもなるでしょう。日本人は、自分のほうが、アメリカを必死になって守るべき存在になりおおせたということを知るべきです。むしろ、アメリカ人のほうがそれを知ってきた。それが今日の日米関係の現況です。

アメリカが一方的に日本を守っているのではない、むしろ日本がアメリカに技術を売らないとなったらアメリカが崩壊してしまう、そのくらい日本はすごい国になった。だからノーと言うべきときにはノーと言って、アメリカ一辺倒の外交を修正すべきだ、というわけです。

私が思うには、それならもう日本を守ってくれなくて結構だ、俺たちは俺たちの力と知恵で独自にやるということをはっきり一度言うべき時にきているのではないでしょうか。

日本人は、自ら発した日本の「ノー」を自覚することで初めて大人の日本人として世界の仲間入り、同心円としての世界の中の円に入ることが可能になると思います。

ここで出てくるのも、つまりは江藤が指摘した「戦後の〝成熟〟」の問題です。アメリカにノーを言うことによって、やっと日本人は大人の日本人になることができる。治者としての主体を取り戻すことができる。それがこの『「NO」と言える日本』という本の主旨なのだと思います。

この言説は、バブル経済に浮かれる人々の心に響き、百二十五万部という大ヒットになりました。石原はその勢いに乗るように、一九八九年夏の自民党総裁選に出馬するのですが、海部《かいふ》俊樹に敗北して終わります。ここで彼の、国政での山場はほとんど終わったと言っていいでしょう。

なぜアメリカから脱せないのか

一方で、『「NO」と言える日本』があまりに売れたので、翌年には渡部昇一と小川和久を共著者として『それでも「NO《ノー》」と言える日本――日米間の根本問題』（光文社）、さらに一九九一年には、江藤淳との共著『断固「NO《ノー》」と言える日本――戦後日米関係の総括』（同）を出版します。かつて、ともに警察官職務執行法の改正反対運動にかかわった盟友二人が、数十年を経て共に立場を変え、共通の場所にたどり着いたのです。

江藤はここで、やはり日本はまだアメリカから独立していないと言い続けています。占領政策の中での「検閲」から始まった、アメリカの顔色をうかがいながらの自主検閲、「閉された言語空間」は、ほとんどそのまま存続しており、その象徴が現行憲法だというのです。

現行憲法は、「自らの言語空間の中で自らの手でつくったものではない」ので、これを改正して言葉を取り戻さなければならない。そうやって自分の足で立つことで、ようやく日本は国家として成熟するのだ、という主張です。憲法の機能や立憲主義について論じることはなく、とにかく「変えること」「自分たちでつくること」がアイデンティティ問題として重要視されている。

それを受けて石原慎太郎も、「アメリカから脱する」ことの必要性を述べ、次のように説きます。

究極はアジアの日本としてアジアとともにアジアの政治、経済ブロックの再構築を遂げる時期はやってくるでしょう。

尖閣《せんかく》諸島を国有化すると言い出して日中関係を悪化させたり、「三国人発言」などをとがめられたりした後年の石原にぶつけてみたい言葉です。この三年後に、マレーシアのマハティール首相と一緒に『「NO《ノー》」と言えるアジア――対欧米への方策《カード》』（光文社）を出したことからもわかるように、このころの石原は急速にアジアへの関心を高めていました。ただ、そこでイメージされているのは、あくまで「日本に対して敬意を払うアジア」です。『断固「NO」と言えるアジア』の中でも、こう書いています。

アメリカだけが世界ではないのです。世界のために日米間に真にイコールなパートナーシップがあるべきなのです。

そのために、アジアと連帯しながら日米同盟のあり方を考えていく必要がある、というわけです。

しかし、この本が出版されてから三十年近く経った今、アメリカとの関係は見直されるどころか、さらに深まっています。そのことを石原はどう考えているのか、問うてみたい気がします。

終わらない「ごっこ」の世界

その後、政治家としては大きな実績を残せないまま、一九九五年に石原は国会議員としての在職二十五年を迎えます。その表彰を受けての衆議院本会議での演説中、「日本の政治は駄目だ、失望した」という趣旨の発言をして、その言葉どおりに議員を辞職してしまいます。

最後の賭けということか、四年後に東京都知事選に出馬して圧勝し、四期（正確には三期＋一年）を務めます。

都知事時代に顕著なのは、歌舞伎町浄化作戦や築地市場移転計画、臨海副都心開発などに見られる「潔癖」的な政策です。肉体的健康への強いこだわりを持っていた彼の特徴が滲み出ているように思います。これはディーゼル車排ガス規制のような環境問題や、東京マラソンの実施のようなスポーツ振興政策においては積極的な意味を持ちましたが、一方で、障害者に対する差別発言などを生み出す温床にもなりました。ナショナリズムという点では、東京都による尖閣諸島購入計画は、その後の日中関係の悪化に大きな影響を与えました。

その後、新党「太陽の党」を結成して国政に復帰し、日本維新の会と合流したものの、二〇一四年にはさらに分裂して「次世代の党」を結成。同年の衆議院議員選挙落選を機に、政治家人生の幕を閉じました。

石原は最後の国会議員任期中に、脳梗塞《のうこうそく》を患《わずら》います。『文學界』二〇一六年十月号に掲載された斎藤環《たまき》との対談「『死』と睨み合って」の中で、石原は自らの肉体的衰えに苛立ち、死の恐怖にさいなまれていることを吐露しています。

彼は「記憶中枢の海馬《かいば》がやられちゃった」ため、字を忘れてしまったといいます。彼は対談の中で「怖い」という言葉を繰り返し、「自分で自分にイライラする感じ」と述べています。最近は鏡に向かって「おまえ、もう駄目だな」とつぶやくといいます。

＊

結局、石原慎太郎は、何か確たる着地点を見出したのでしょうか。

石原の姿は、成熟しきれないでいる日本という国の「戦後」そのもののように思えます。厳しい言い方ではありますが、彼の歩みそのものが、江藤淳のいう「ごっこ」でしかなかったように思えてなりません。江藤は国会議員になった石原に、「成熟」という「すっぽ抜けてしまった問題」に、いつか「復讐されないようにしろよ」と警告しましたが、これも戦後日本に投げかけられた問題だと言えるでしょう。そんな江藤も、一九九九年に妻の死を追うように、自ら命を絶ちました。

アメリカに「ノー」と言おうと述べながら、アメリカにすり寄っていく。「NOと言える日本」は、アメリカに認められたいという願望の裏返しだったのでしょう。反発しながらもますます関係を深めていく。最終的な決定権を委ねる。さらに、中国・韓国をはじめアジアとの良好な関係を構築することもできず、外交的にも孤立しかねない状況にいる。この日本の「戦後」を、石原慎太郎の人生がそのまま体現しているのではないか——。江藤淳が戦後の日本を「石原慎太郎的だ」と言ったのは、まさにそのとおりだったのではないでしょうか。

成熟しない。臆面もない。結局のところ、アメリカに依存し、アジアに対しては横柄な態度で接する。声高にナショナリズムを叫ぶ。着地しない。

石原慎太郎の残した思想とは何か。文学的価値とは何か。政治家としての実績とは何か。そこに決定打はありません。突出した業績を問われると、これと言ったものをあげることができません。しかし、日本人のほとんどが知っている人物。戦後を代表する人物。それが石原慎太郎です。

大衆の欲望に寄り添い、戦後の日本社会の「未成熟」を体現してきたのが石原慎太郎という存在でした。戦後はまさに、石原慎太郎的な存在だったといえるでしょう。カタルシスを求め、健康を求め、虚脱感を味わい、政治的右派へと旋回する。私たちはまだその中に滞留し続けています。

戦後思想について考える時、どうしても大きな空虚と出会うことになります。戦後という時代に、私たちは普遍的価値を持った思想を残してきたのか。未来に対して、何を相続できるのか。正直なところ、心もとないというのが現状ではないでしょうか。

そんな戦後を象徴する人物として、石原慎太郎の歩みを見てきました。若き石原が抱いた焦燥感やニヒリズムを乗り越えようとする意志は、よく理解できます。正義を抱きしめる左派への反発も理解できます。しかし、それが反転して、安易なナショナリズムへと傾斜し、ひたすら「ごっこ」を繰り返す時、そこに戦後の本質が透けて見えるように思います。

その意味において、石原慎太郎はまさに「戦後と寝た男」なのでしょう。

石原慎太郎 年譜

一九三二年（昭和七）　九月三〇日、兵庫県神戸市に生まれる

一九三七年（昭和一二）　父の転勤で北海道小樽市へ転居

一九四四年（昭和一九）　父の本社転勤により神奈川県逗子市に転居

一九四五年（昭和二〇）　四月、神奈川県立湘南中学校（のちに湘南高校）に入学

一九五二年（昭和二七）　四月、一橋大学法学部に入学し、サッカー部に所属

一九五五年（昭和三〇）　「太陽の季節」執筆、「文學界」七月号に発表。秋に文學界新人賞受賞

一九五六年（昭和三一）　一月、「太陽の季節」で第三四回芥川賞受賞

一九五八年（昭和三三）　一一月、江藤淳・大江健三郎らと「若い日本の会」を結成し、警察官職務執行法改正に反対。一二月、南米横断スクーター旅行（翌年四月まで）

一九五九年（昭和三四）　一一月より「挑戦」連載（翌年七月まで、同年に単行本化）

一九六六年（昭和四一）　春、知覧訪問。一一月、『週刊読売』特派員としてベトナム戦争取材（翌年一月まで）

一九六八年（昭和四三）　七月、参議院全国区に自由民主党公認で出馬し、史上初の三〇〇万票超えでトップ当選

一九七二年（昭和四七）　一一月、参議院議員を辞職。一二月、衆議院選挙に無所属で出馬して当選、のち自民党復帰

一九七三年（昭和四八）　七月、中川一郎・渡辺美智雄らと「青嵐会」を結成
一九七五年（昭和五〇）　三月、衆議院議員を辞職。四月、東京都知事選に出馬し、二三三万票を獲得するが落選
一九七六年（昭和五一）　一二月、国政に復帰し、福田赳夫内閣で環境庁長官に就任
一九八七年（昭和六二）　一一月、竹下登内閣で運輸大臣に就任
一九八九年（平成元）　一月、『「NO」と言える日本』（盛田昭夫と共著）を刊行。八月、自民党総裁選で海部俊樹に敗れる
一九九〇年（平成二）　六月、『それでも「NO」と言える日本』（渡部昇一、小川和久との共著）刊行
一九九一年（平成三）　五月、『断固「NO」と言える日本』（江藤淳との共著）を刊行
一九九四年（平成六）　十月、『「NO」と言えるアジア』（マハティールとの共著）を刊行
一九九五年（平成七）　四月、議員勤続二五年の表彰を受けた日に辞職
一九九九年（平成一一）　四月、東京都知事選に出馬し初当選
二〇〇三年（平成一五）　四月、東京都知事選で史上最高の得票率を獲得し再選
二〇〇七年（平成一九）　四月、東京都知事選で投票の過半数を獲得し三選
二〇一一年（平成二三）　四月、東京都知事選で四選（翌年、辞職）
二〇一二年（平成二四）　一一月、太陽の党を結成し、日本維新の会に合流し、代表に就任。衆院選で国政復帰
二〇一四年（平成二六）　八月、次世代の党を設立し最高顧問に就任。一二月、衆院選で落選後、政界引退を表明

編集協力・仲藤里美
校閲・西田節夫
DTP・山田孝之

中島岳志（なかじま・たけし）
1975年大阪府生まれ。東京工業大学リベラルアーツ研究教育院教授。京都大学大学院博士課程修了。北海道大学大学院准教授を経て、現職。専門は南アジア地域研究、日本近代政治思想。主な著書に『中村屋のボース』（白水社、大佛次郎論壇賞／アジア・太平洋賞大賞受賞）、『保守と大東亜戦争』（集英社新書）、『保守と立憲』『自民党　価値とリスクのマトリクス』（スタンド・ブックス）、『100分de名著 オルテガ「大衆の反逆」』『（同）ガンディー「獄中からの手紙」』（NHK出版）、共著に『日本断層論』『平成論』（NHK出版新書）など。

シリーズ・戦後思想のエッセンス
石原慎太郎
作家はなぜ政治家になったか

2019年11月25日　第1刷発行

著　者　中島岳志

発行者　森永公紀
発行所　NHK出版
東京都渋谷区宇田川町41-1　〒150-8081
電話　0570-002-247（編集）0570-000-321（注文）
ホームページ　http://www.nhk-book.co.jp
振替　00110-1-49701
装幀　水戸部 功
印刷・製本　共同印刷

ISBN978-4-14-081804-6 C0010

シリーズ・戦後思想のエッセンス
編集協力　大澤真幸・中島岳志

戦後思想の到達点 柄谷行人、自身を語る　見田宗介、自身を語る
柄谷行人（思想家）、見田宗介（社会学者、東京大学名誉教授）
インタビュー・編 大澤真幸（社会学者）

吉本隆明 思想家にとって戦争とは何か
安藤礼二（文芸評論家、多摩美術大学教授）

石原慎太郎 作家はなぜ政治家になったか
中島岳志（政治学者、東京工業大学教授）

続刊予定

2020年4月
丸山真男　白井 聡（政治学者、京都精華大学専任講師）

2020年7月
柄谷行人　國分功一郎（哲学者、東京工業大学教授）
